中公文庫

窓辺の風

宮城谷昌光　文学と半生

宮城谷昌光

中央公論新社

窓辺の風　宮城谷昌光　文学と半生　目次

第一章　時代の証言者――11

窓辺の風　宮城谷昌光　文学と半生

第一章　時代の証言者

宮城谷昌光
佐藤憲一（読売新聞文化部記者）

『読売新聞』
二〇一四年十一月二十四日～十二月三十日掲載

1　中国古代に魅せられて

「殷(いん)の末のころを舞台に、箕子(きし)のことを書くなど、まことに大きな志であると存じ上げました」「よきお作であると存じあげました」

一九八八年（昭和六十三年）、司馬遼太郎さんから、愛知県に住む無名の作家だった私に胸が高鳴るほど嬉(うれ)しい葉書(はがき)をいただきました。三千年以上前の中国の政治家、箕子を主人公にした『王家の風日』を送ったことへの返事です。ほとんど書く人がいなかった中国古代の歴史小説を、初めて自分が手掛けた本でした。

当時、英語塾を経営していましたが、バブル経済に浮かれる世間を横目に生活は苦しく、妻が母親から借金してくれた百万円で出せた事実上の私家版です。五百部刷って出版社などに送っても反応は皆無に等しかった。その中で歴史小説の大家からお褒めの言葉をもらえたのは、暗闇に一条の光を見たようでした。

私は二十四歳のとき作家の立原正秋先生の推薦で『早稲田文学』に小説が載ったものの、その後は純文学の同人誌で活動しながら創作に悩む歳月が続きました。*ずっと立原先生をはじめ、プロの作家や評論家を感心させたいとだけ考えていた。しかし三十代半ばで中国の古典と出会い、スケールの大きな思想が、創作への新たな目を開かせてくれた。

例えば、儒学者の孟子は、孔子が説いた「仁」、つまり肉親や自分の知る人たちを思いやる大切さに加え、見知らぬ人たち、つまり大衆や民衆への思いやりも「義」として重視した。そして、人に愛されたければ、先に人を愛しなさいと教えてくれた。人間が生きていくために、それが一番大切だと。

そのことを知ると、小説は純粋に人を楽しませるために書けばいいということが理解できた。宋代の「後楽」という言葉が示すように、先に皆を楽しませ自分が楽しむのは後でいいのだと。そして中国古代の歴史の勉強に没頭し、その世界の小説を書くようになりました。

司馬さんのお褒めの言葉には、平成になって報いることができました。九〇年、四十五歳で商業デビューを果たし、翌年には『夏姫春秋』で直木賞を受賞して小説で一本立ちできました。作家としては遅咲きでした。しかし豊かな歴史との出会いが、人生を変えたのです。

＊『早稲田文学』は坪内逍遥が一八九一年（明治二十四年）に創刊した文芸誌。休刊、復刊を繰り返し、現在も第十次が刊行中。読売新聞連載の「冬の旅」などで知られる立原正秋は一九六九年に復刊した第七次の初代編集長を務めた。

2　母との距離感じた幼少期

私が生まれたのは、一九四五年（昭和二十年）二月四日、戦争も終わりに近づいた寒い冬の日でした。宮城谷は母方の氏で、本家は愛知県豊川市の国府町にありますが、出生地は宝飯郡三谷町（現・蒲郡市）です。しかし、「あなたは東京で生まれたかもしれなかった」と母のさだ子に聞かされて育ちました。

母は戦時中、東京・兜町の証券会社で事務員をしていました。電話交換のとき、声が美しいと褒められたのが自慢。高額の現金を銀行に持っていく怖い仕事もしたそうです。戦時中の株の変動で大儲けした後、暴落で命を絶った人も見てきたそうで、「あなたは株にだけは手を出さないで」ときつくいわれました。*

三谷町にきたのは、戦火が激しくなって、旅館をやっていた姉を頼ってのこと。

1973年の結婚式の寄せ書きから。４、５歳ごろの写真（左）。右は小学校入学前の聖枝夫人。（撮影／読売新聞社）

父は蒲郡で織布業を営んでいた広中喜市という人です。母は詳しい事情を語りませんが、私は一回り下の妹が生まれるまで、ずっと母と二人暮らしでした。

終戦の翌年、母は三谷町の中心部で「若竹」という旅館を開きました。当時、珍しい木造の三階建て。魚市場の近くにあり、漁師が主な客です。漁場から帰ってきたりするとどんちゃん騒ぎの宴会が始まって、お客が大声で騒ぐのがとても怖かった。酒は飲むまいと子供心に誓ったし、今も酒は飲まないんですよ。

旅館業は夕方から多忙になるので、

幼児の時は夜遅く母が迎えにくるまで、酒井さんというご夫妻が営む「貴船」という置屋に預けられていました。芸者を三人ぐらい抱えている家でしたが、お座敷がかからない「おちゃひき」の時は、芸者さんもつまらなそうでしたね。足踏みミシンが何台も置いてありました。芸者さんも自分のものは自分で繕い、お金をかけずつましく生きていたんでしょう。

終戦直後は食糧不足で白米がぜいたくだった時代です。しかし旅館だから家には、食べ物がふんだんにありました。前の夜に客が残したマグロの刺し身や三河湾で取れるワタリガニも食卓に山積みで、当時はうんざりしていました。

小学校では、クラスのみんなが麦飯のお弁当なのに、私だけが白米なのが嫌でした。みんなと違うからと、母親に麦飯にしてと訴えたこともあった。普通と逆ですよね。そうしたら、「うちは白米をお客さんに出さないといけない家業だから我慢して」と諭されました。

一般の家庭のような母親に甘えられる時間もなく、食事も板前さんが調理したもので、母の手料理を囲むホームドラマ的光景とは無縁。母親と距離があることに寂しさを感じ、物事を観察し、自分で考える性格が培われていったのだと思います。

＊真珠湾攻撃後、株式市場は高騰したが、戦時統制や戦局の悪化で四三年以降、急速に下降期に突入。四四年七月のサイパン島での日本軍全滅で市場は動揺、十一月からは東京空襲が始まった。

3　お気に入りの白砂青松

〽東海道にてすぐれたる　海のながめは蒲郡、と鉄道唱歌にうたわれているのをご存じですか。私の生まれた三谷町も隣の蒲郡町も、三河湾に面した風光明媚な土地で気候も温暖です。一九五四年（昭和二十九年）に二つの町を中心に合併し愛知県蒲郡市になりました。

子供の頃、街中のどこへいってもガチャガチャという機織りの音が聞こえたものです。蒲郡市の当時の基幹産業は繊維業。織布が盛んで機械が一回ガチャンというと万の金がもうかるからと、ガチャマンなどといっていました。

私より四歳下の妻、聖枝の家はまさに織布業の工場で、多いときは従業員が百人近くおりました。

蒲郡町側の海岸は竹島という小島を望む景勝地。そこには、私たちからすると雲の上にそびえる楼閣のような別世界がありました。一二年（明治四十五年）に名古屋の織物商、滝信四郎（のぶしろう）が開いた「常磐館」（八〇年廃業）と三四年（昭和九年）にできた姉妹館の「蒲郡ホテル」（現・「蒲郡クラシックホテル」）を中心に皇族や外国人も訪れる高級旅館地区だったんです。

「常磐館」を大正時代に訪れた作家の菊池寛が小説「火華（ひばな）」で取り上げ、この文藝春秋の創始者の喧伝（けんでん）もあってか、川端康成、三島由紀夫ら多くの文人が蒲郡にきて作品の舞台にしています。谷崎潤一郎の「細雪（ささめゆき）」で薄幸の主人公雪子が旅をし、やすらぎを得るのもこの宿です。

終戦後の一時期、蒲郡ホテル周辺は、米軍に接収され、兵隊の休養地として使われていました。私も米兵を乗せたジープ型車やモーターボートが走っているのを見たことがあります。これが外国人を見た最初です*。

母の旅館は、「常磐館」などより庶民的だったのですが、私が八歳だった五三年に、廃業しました。小学校から帰ってくると差し押さえの赤い紙がそこら中に貼ってあって、明かりのない帳場で母が泣き崩れていた。電話や蓄音機にまで赤い紙が貼られていたのを覚えています。母は泣きながら「だまされたのよ」と……。

それで三谷町東部の家に引っ越しました。旅館はなくなったけれど、私は母と二人で暮らせることが嬉しかった。近くは白浜に松林が生えるまさに白砂青松の海岸で、私のお気に入りの場所。小学校後半のこの時期は、ひっそりと過ごした時期でした。

白砂青松の浜は、堤防が造られた後、埋め立ても行われ、もう昔の面影はありません。なくなった大きな理由は、大きな被害をもたらした台風でした。

＊蒲郡への米軍駐留は四五年十月から始まり、本国への帰還前の米兵が一週間～十日ほど滞在した。接収地周辺には立ち入り禁止の看板が立っていたという。

4　二度の台風　恐怖の記憶

一九五三年（昭和二十八年）に蒲郡（がまごおり）市を襲った十三号台風の恐ろしさは記憶に焼き付いています。九月二十五日、台風の通過と満潮が重なり三河湾では一・二〜一・三メートルの高潮が発生したのです。

それまでは大きな水害もなかったので、大人たちも高潮になっても床下浸水ぐらいだろうと高をくくっていました。ところが、私が家にいると突然、表のガラス戸をたたく音が聞こえた。人でなく水が打ち付ける音でした。驚いて戸を開けるとしゅるしゅると浸入した海水が足もとをなで、あっという間に水嵩（みずかさ）が増した。「あなただけ逃げなさい」と青くなった母親にいわれ、上り坂の先にある避難所まで逃げました。

見知ったはずの道路も水浸し。ぷかぷかと物が浮いて道はみえません。道路脇を歩こうとして、側溝の蓋がもともとないことに気づき、ヒヤリとしました。高台の避難所では夜になってもこない母親を心配して待っていました。ようやく顔を見せた母親には「胸の高さまで水がきて死にかけた」と教えられた。海岸近くの川も氾濫し、うちの近くにあった製材所の木材も、家を壊す凶器になったと聞きました。

避難所暮らしもしばらく続きました。夜は寝られず、水は給水車を待ったりと不自由な生活でしたね。逃げる時、汚水が傷に入ったのか、足が腫れてしまいました。

中学へ上がる頃にまた新しい家に引っ越しました。当時、温泉が発見され観光地として整備が進んでいた三谷(みや)温泉に売店を出さないかという話がきたのです。まだ旅館がぽつぽつ建っている程度でしたが、景気が上向く中で母にとっては一種のかけだったのでしょう。新しい家は店舗兼住居の長屋。水洗トイレにはびっくりしました。くみ取り式が普通だったから違和感を覚えました。

また、それまで一緒に寝ていた三毛猫のミケを、「売店をやるのだから連れて

伊勢湾台風直後の蒲郡市三谷町。

行けない」といわれたのは悲しかった。もうペットは二度と飼うまいと誓いました。

　五九年の伊勢湾台風は、九月二十六日にこの家を襲いました。高台にいたので高潮の心配はなかったけれど、風が猛烈で、雨戸にはめた閂（かんぬき）がしない、雨戸が膨らみ始めた。閂が折れて雨戸やガラス戸が飛んだら屋根も吹き飛ばされてしまう。朝まで必死に閂を押さえていました。*

　台風と聞くと今でもあの頃の恐怖が蘇（よみがえ）ってきます。私の子供の頃は災害に対して万全な都市はどこにもないような時代でした。今の人は防災対策は自治体に頼り、あまり自分で判断しない。危険に備える感性が衰えているのではと心配です。

＊十三号台風での蒲郡（現市域）の被害は死者十人、住家被害五五四九戸。伊勢湾台風では死者五人、住家被害三六四三戸に及んだ。

5　作文の授業は大嫌い

私の薬指は左右とも少し曲がっています。一九五七年（昭和三十二年）に入学した蒲郡（がまごおり）市立三谷（みや）中学校のバスケット部時代に痛めた、青春の思い出です。家のある三谷温泉に先輩が二、三人いたというだけの理由で入部したのですが、夏休みも冬休みも練習に明け暮れ、厳冬期に手のひらに血がにじんでも苦にならないほど打ち込みました。

勉強が嫌いだったわけでもありませんが、子供の頃は、文章を書くのも作文の授業も大嫌いでした。何を書けば先生の胸を打つのかが分からなかった。読書もほとんどしなかったけれど、中学二年の時、戦国時代を舞台にした柴田錬三郎さんの『剣は知っていた』を読んで、初めて小説が面白いと感じました。*

まねしてやろうと思い立ち、剣の師匠から主人公が贈られる「高く目をあげよ！」という言葉を借用し、自分なりにアレンジして作文を書いてみたんです。何を題材にしたのかは覚えていませんが、その時生まれて初めて先生に作文を褒められた。向上することをよしとする戦後の時代風潮にもあっていたのか、その表現が胸を打ったらしい。

どんなにつらい経験でもそのまま文章にしては感動を与えない。既にある文字空間を借りて自分の経験と併せることで初めていいといってもらえる。そんな創作のヒントを得た体験でした。その方は松井先生といって、最後の国語の授業の時、「これでお別れですね」といって黒板にこう書いてくれた。「戯れに恋はすまじ」。フランスのミュッセの戯曲名で、自身の心に残った言葉だとか。仏文学がお好きだったのでしょうが、中学生相手にですよ。ウィットがありますよね。

中学三年の時には、作家の堀辰雄が好きになったけれど、それ以上発展しなかった。文字の世界より、音の世界にとらわれてしまったんです。

きっかけは、校内放送で流れたヴァイオリンの曲でした。何気なく耳にして、自分の中で何かが動いた。あまりに感動して曲名も分からないまま、町のレコード店に向かいました。

店主に「こんな曲で」とたどたどしく説明すると、「これじゃないですか」とかけてくれたのが、二十世紀最高のヴァイオリニストと言われるハイフェッツとボストン交響楽団が演奏するメンデルスゾーンのヴァイオリン協奏曲。記憶とぴったり一致しました。その運命の出会いが今も続くクラシック音楽好きの原点です。

魂をゆさぶられたクラシックへの憧憬はどんどん強くなって、音楽家になりたいという思いが高まっていきました。

＊柴田錬三郎は五六年、『週刊新潮』で連載を始めた「眠狂四郎無頼控」で円月殺法を駆使するニヒルな剣客ヒーローを生み出し、『柳生武芸帳』の五味康祐とともに剣豪ブームを起こした。『剣は知っていた』も同時期の代表作の一つで、青年剣士・眉殿喬之介が活躍する。

6　音楽の夢　紙ピアノに散る

　黒白の鍵盤を描いただけの紙のピアノ。指づかいの練習用でもちろん音は出ませんが、たどたどしく指を走らすのが無性に嬉しかった時期があります。

　一九六〇年（昭和三十五年）に入学した愛知県立時習館高校は蒲郡に近い豊橋市にあり、生徒の大半が進学する伝統校でした。入学間もない時に、どういう大学を志望するのかとアンケートが来たんです。いきなり進路を突き付けられて戸惑い、音楽熱にとらわれるあまりその道へと考えました。

　楽器をならっていたわけでもなく、遅すぎるのは自分でも分かっていました。仕方なく中学の時の音楽の先生に相談すると、「だったらピアノからやりましょう」といってくれた。週に一度学校帰りに豊橋にある先生の家に寄って、ピアノ

前列左から祖母ゐま（こま）さん、伯母もとさん、母さだ子さん。後ろは叔父の久男さん。（1970年頃）

を習いました。暗くなるまで先生の帰宅を待っていてびっくりさせたりもしましたね。家にピアノはないから、紙の鍵盤でおさらいです。

でも間もなく「あきらめたほうがいい」と先生がおっしゃった。中途半端に長く引っぱっても報われないと気遣ったのでしょう、自分でもそこでけじめがつきました。

音楽への小さな夢が高校一年の秋までにしぼんでしまい、自分が進むのは文学しかないと思い始めました。

高校二年生の時には、三年生の先輩と知り合って、十一月に文芸部（当初はサークル）を作りました。少しでも文学への嗜好を持った人が近くにいてほしかったんです。

　文芸部では『コスモス』という冊子を三号まで出しました。三年生の時の三号に載った「時に溺死する」という文章では、「時の傀儡となって生涯を慷慨して終りたくない」と思春期の少年らしい思いを吐露しています。ただ、文芸部の活動はさほど熱気もなく、自分でも不燃焼気味でした。

　文化的な面では、東京・新橋で芸者をした後、三谷町で旅館や芸者置屋を営んだ伯母もとの影響を受けたかもしれません。おゆうという名の芸者だった頃は、歌舞伎の名優、六代目尾上菊五郎や有名な浪曲師、二代目広沢虎造の楽屋に出入りしていたと自慢する相当の芸能通。三味線もうまく、ちんとんしゃんとバチで弾くと表を歩く人も立ち止まって聴き入ったとか*。

　伯母は読書家で、ある日、週刊誌を手に「この連載小説は面白いよ。主人公の子がいじめられ苦労するよ」と私に薦めてきた。それが連載が始まったばかりの海音寺潮五郎さんの「天と地と」で、主人公は上杉謙信です。そのときはへえっと思っただけ。でも伯母は先見の明があって、この本は後にヒットし、海音寺さんの別の本は、私の人生を変えるきっかけも作っています。

＊六代目尾上菊五郎（一八八五～一九四九）は大正時代、初代中村吉右衛門（一八八六～一九五四）と「菊吉時代」を築き、その後も歌舞伎界の大黒柱として名演を残した。歌舞伎界初の文化勲章受章者。

7　下宿生活　籠もって読書

高校時代の私は、目立つのが好きでなくひっそり学校生活を送っていました。そういえば、作家になった後、同級生から電話があったんです。「よく覚えていたね」といったら、「宮城谷君は、地味すぎて逆に目立ってた」って返された。絶妙な表現ですよね。

当時から作家になる決意は固めていました。作家になるには圧倒的に読書量が足りない。大学へ入ったら四年間、読書に専念して毎日百ページ読み、それができたら卒業後、創作を始める長期計画でした。

文学部でも英文学を志望したのは、菊池寛が、「作家になるなら外国語を一つはマスターしなさい」と書いていたから。本当はフランス文学に興味があった。

でも、高校でフランス語の授業があったわけでもないので、英文学にしました。数学が苦手で私立に志望を絞り、古都へのあこがれから京都の大学に行くつもりだったんです。同志社と立命館に合格し、同志社は入学金も納めていました。ところが、先生に勧められてたまたま受けた東京の早稲田大学の英文科も受かってしまった。最終的に早稲田を選んだのは、文学者の数は早稲田出身者のほうが

大学4年生の頃、大雪の日に豊島区高松町の下宿前で。

多く、作家になるチャンスがあると考えたからでした。

入学式の日に下宿をさがすという馬鹿なことをやって見つけたのが、豊島区高松町（当時）の近藤さんという夫婦が営む賄い付きの下宿。食事には西友ストアーなどに勤める下宿の卒業生も来ていて、年長者から社会の話を聞けたのはありがたかった。

下宿の離れにはオーディオ好きの技師がいて、その人が長期間帰郷していた夏、許可をもらい朝から晩まで何日も音楽を聞き続けたことがあります。大学時代にクラシック音楽をすべて聞いてやろうと思っていましたから。そうしたら音が疲労感として蓄積したのか、高熱を発し倒れてしまった。

部屋は六畳一間に学生二人が入る条件。二〜四年生に同室だった静岡県西部出身の八幡英雄さんは、郷里も近くのんびりしたいい男で、仲良く過ごしました。彼は社交的で、女子学生と一緒のダンスパーティーを開いたり、山梨県の山中湖にスケートに行くツアーを企画したり。一方私は、誘われても敬遠し、部屋に籠もって本ばかり読んでいました。同世代の女の子は子供っぽいとばかにしていたんです。年上の女性のほうが好きで、これでは結婚できないかもと結構長く思っていました。

入学当初、私が利用していた池袋駅西口の駅前広場は、雨が降ると水たまりができていたんです。翌年のある日、学校へ行こうと池袋に来たら、一夜にして舗装され地面が消えていた。私が早稲田に入学した一九六三年（昭和三十八年）は、東京オリンピックの前年。開催まで、東京の至る所で突貫工事をしていたのでしょう。[*]

＊東京では、オリンピック開催の頃までに、首都高速の整備など急速に都市インフラ建設が進んだ。開催直前の六四年十月には、東海道新幹線が開業している。

8　卒論　文学者志望の意地

早稲田大の一年生のとき、「第三の新人」の一人で、作家の庄野潤三（しょうのじゅんぞう）さんが英文科のクラス担任だったんです。小説家志望のくせに、芥川賞作家の名前を知らなかった。私の知識は遅れているんだとショックを受けましたね。*

庄野さんのファンだった同級生に誘われて日曜日に川崎市の生田（いくた）駅近くにあった庄野邸をお訪ねしたことがあります。まだ住宅地として開発が進む前で、トラクターなども目に付く殺風景な山の上の家でした。入り口に大きな備前焼のツボが置かれていたのを記憶しています。

「家内が上海で習った本格的な餃子（ギョーザ）だから」と庄野さんに薦められて、ごちそうになったのが、餃子を食べた最初だと思う。

恩師の一人、作家の小沼丹さん。
(1970年撮影　写真／読売新聞社)

同級生は感激しているのに、私は恐縮していて自分は作家志望だとかおこがましい話もできなかった。ただその時だったか、「作品を発表したとき、十人中九人に認めてもらえなくても、褒めてくれた一人を希望に書いていけばいい」と教えてくださったのは、心の支えになりました。

当時の私は、周りから変わり者と思われていたらしい。英文科に籍を置きながら、フランスの詩ばかり読んでいましたから。最初は小林秀雄の影響でフランスの象徴主義の詩人、ランボーを読み、中原中也にも惹かれた。『現代詩手帖』を読むようになって、マラルメ、ヴァレリー、アルトーらフランスの詩人の名前を覚えました。英文科に籍を置いているのが苦痛になって、仏文科に行こうと考えたこともあります。

　卒論では、やはり第三の新人の一人、小沼丹先生にお世話になりました。ヴァレリーが好きだったことから米国の詩人で探偵小説の生みの親でもあるポーに興味を持ちテーマにしました。ところが困ったことに読んでくれる先生がいない。小沼先生が、探偵小説のブラウン神父もので有名なG・K・チェスタトンが専門だと思いだし、担当教授の志望欄に名を書いたんです。

　すると研究室に呼ばれて、「僕はポーの専門家じゃないんだよ」と苦言を呈されました。「すみません。先生しかいないから」と謝ったら、ゼミは一回もなし、卒論を持ってくればいいという条件でOKしてくれた。

　無理を聞いて貰ったこともあって、ここで優を取らないと文学者として立てないと自分を鼓舞して、卒論には精魂を傾けました。結果は、「ここ五、六年の中で一番熱い原稿だ」との評価。大学の先生にというより、作家に褒められたことが嬉しかった。後に、安岡章太郎さんから、「小沼はめったに人を褒めない人間だ」といわれた時、再び嬉しさがこみ上げてきたほどです。

＊前世代の戦後派が政治や戦争を主題としたのに対し、日常性の細部や実感を重んじた世代を一九五五年頃からの文壇で「第三の新人」と呼んだ。安岡章太郎、吉行淳之介、三浦朱門、遠藤周作らがいる。

9　川端作品を徹底研究

川端康成の文章をお手本に小説の修業を始めたのは大学三年生の頃からです。詩は好きだけれど、詩人を丁寧に扱わない日本ではその道で食べていくのは難しいし、小説家しか道はない。しかし、書き方がさっぱりわからなかった。

夏休みに蒲郡(がまごおり)市へ帰省すると町の本屋で、「雪」の字が二つ、目に飛び込んできました。文庫の棚に川端康成の『雪国』と谷崎潤一郎の『細雪(ささめゆき)』が仲良く並んでいた。一度は、『細雪』に手が行きかけた。蒲郡も舞台になっていて、私が中学生の時、京マチ子らが主演した映画（一九五九年公開）のロケが行われたことも知っていましたから。しかし、なぜか買ったのは新潟の温泉町が舞台の『雪国』でした。

読み終えると「この世界は自分に一番あっている」と膝を打ちました。幼い時、置屋に預けられ、芸者の世界が肌でわかっていたから、これなら私にも書けるだろうと。

「国境の長いトンネルを抜けると雪国であった」。有名な冒頭の一文は、俳句だと思いました。国境という語が日常と虚構の国の境を示す象徴的な意味を持つ。俳句の原理が散文に応用できることが、衝撃でした。

秋に東京へ戻った後、川端さんの作品を次々と読破しました。三年生の後半から授業も少なくなるから、もう川端一色の小説修業です。私の小説研究法は、好きな作家の本を丸ごと原稿用紙に写すやり方。すると、その作家の呼吸がわかる。中途半端な模倣はダメですが、朝から晩まで尊敬する作家の小説を丸ごと写していると半年で自分の文章が書けるようになります。

川端の作品では、東京の学生が、結婚したいと願う岐阜の少女のもとを訪れる初期の短編「篝火（かがりび）」が特に好きで、何度も読み返しました。不安定な恋が壊れることへの恐れと人を乞うせつなさが、篝火がゆらめく長良川の鵜飼（うか）いの情景に託され、流れるような感じがいい。舟夫（かこ）が楫（かじ）で舷（ふなばた）を叩（たた）く音などを取り入れた描写も鮮やかで、川端さんの小説は音楽的です。『雪国』でも鉄瓶が鈴のように鳴る音が、女のせつなさと情の熱さを表していたりしますよね。

崇拝する人だった川端さんにはいつか会いたかった。大学卒業後の一九六八年（昭和四十三年）の頃のことです。週末に上野の東京国立博物館へいくと、「雪国」にでてくる葉子のような人と一緒に階段を下りてくる川端さんに気づきました。鋭い眼光でちらっと私を見て、すれ違っただけ。でもたった一度の出会いに、「切実に思っていると願いはかなうものだ」と嬉しく思ったものです。一つの願いがかなったのだから、「これで私も小説家として立てるのでは」との予感を抱きました。*

当時の文壇には志賀直哉さんら大物がご存命で、文壇に重厚感があった。ある時から急に寂しくなってしまいましたけれど。

＊川端康成は六八年に日本人初のノーベル文学賞を受賞。その四年後に自殺した。

10　銀座で就職「都会」に感動

同級生が就職活動に目の色を変えているのに、大学四年生の時の私は、のんきに構えていました。卒業論文を書くのに一生懸命で、就職は年明けから本格的に動き出せばいいやと。その前にも小沼丹先生の推薦状を持って岩波書店の筆記試験を受けましたが、あっけなく落ちました。

年末に卒論が終わってみると、新入社員の募集はもう終わり。教室に一人取り残されたような状態でした。仕方なく、入試のシーズンに入り、授業もなくなった二月に一度蒲郡へ帰省して、一、二か月後に上京し、就職先を探しました。

友達の渡辺徹夫さんに相談すると、「僕が勤めている出版社で営業社員を一人募集している」と誘ってくれた。一九六七年（昭和四十二年）の五月頃から、東京の中央線沿いにあった中央書院に勤めました。当時の国鉄職員のための問題集を出していた会社です。

　実際の仕事は当初の話とは違って経理で、就業時間が厳格に決まっているのも私の肌に合わなかった。結局約半年で、がまんができなくなり、「飯を食べにいってきます」と会社を出てそのまま辞めてしまった。世間知らずで短気な男だったんです。問題集の荷造りをよくやらされたので、紐かけだけはうまくなりましたが……。

　また冬に蒲郡に帰り、翌年の四月頃、再び上京しました。今度の相談先は、早稲田の小沼丹先生でした。

　先生からは、「短気はいけません」とごもっともな、お小言をいただきました。そして「僕の友達が編集長をやっている出版社がアルバイトを募集している」と東京・銀座五丁目にあった評論新社（のちの新評社）を紹介してくれた。

　訪ねたのは、戦時中の空襲で焼け残ったような古いビルの確か四階でした。「第三の新人」の作家でもあった吉岡達夫編集長にお会いして「あ、君が小沼の紹介できた人か」となった。そこに社長が入ってきて、「もう編集のアルバイトは決まったよね」と編集長に採用しないよう促しました。でも編集長は、「なんとかなりませんか」と粘ってくれた。結局、営業部のアルバイトとして、採用されました。

銀座[*]に通えるようになったことは嬉しかったですね。当時は喫茶店も多くて、スーツをすっきり着こなしたビジネスマンが、さっと入ってきて新聞をぱっとひろげ、コーヒーを飲んで、「ごちそうさま」といってさっと出てゆく。さっそうとした姿がカッコよくて、これが本当の都会人なんだと感動しました。

＊文藝春秋や各新聞社があった銀座周辺には、戦前、文士が集いカフェ文化が花開いた。戦後すぐバー「ルパン」で写真家・林忠彦が撮った太宰治、織田作之助、坂口安吾がくつろぐ写真は有名。戦後、「文壇バー」と呼ばれる高級クラブには、吉行淳之介始め多くの作家が出入りした。

11　編集部時代　競馬を「研究」

新評社の営業のアルバイトに採用されて、ようやく安心できました。が、困ったのは、買ったばかりの靴にすぐ穴が開くことでした。『新評』という総合月刊誌の最新号が出るとポスターを貼ってもらうため、遠くは埼玉県まで書店を回っていました。

あるとき、銀座の会社に近い新橋駅前で、サラリーマン相手に靴の補修をしている露店を見つけました。のぞきこんだら、靴裏に減りを防ぐための金具を打ち付けていた。そこをみつけたおかげで私の靴の減りはゆるやかになりました。砂利道が多かった昔は、そんな商売もあったんです。

一九六八年（昭和四十三年）の八月には正社員となり『新評』編集部に配属さ

れました。社長は「机にかじりついて仕事しているふりをするより、映画でも見てアイデアの一つでも拾って来い」というタイプの人でした。社長の企画に真っ正面から反対したりもしましたが、私のように、はっきりものをいう人間を社長は嫌いではなかったようです。

最初はグラビア担当でした。秋山庄太郎さんのスタジオに行ったとき、大勢のスタッフがカメラやライトをセッティングしていた。「用意ができました」と声がかかると秋山さんはファインダーをのぞきシャッターを切るだけでした。しかし、完成した人物や花の写真は、自然体で名人の作品になっていた。名カメラマンの不思議さを感じましたね。

新評社時代、会社の親睦旅行で。場所は新潟県の赤倉温泉。

思い出深いのが、東京の社会

風俗をルポしたことです。銀座の特選デートコースを紹介したり、真新しいソニービルの「水族館」の催しを紹介したりしました。帝銀事件の平沢貞通死刑囚（当時）の無実を主張した元刑事に話を聞いたこともあります。

今も趣味にしている競馬を覚えたのも編集部時代です。六八年の有馬記念の時、「ダービーと有馬記念は、日本国民は馬券を買う義務がある」という先輩の冗談に誘われ、競馬新聞を参考に千円分購入したんです。リュウズキという馬が一着に入って、馬券は外れました。競馬新聞の本命の二重丸は何だったのか、と不信感がわいてきた。悔しくて自分で馬券術を研究しました。何も知らないからスポーツ紙に電話して「複勝」って何ですかと聞いたりもしましたね。

最初は馬券を買わずに、シミュレーションを繰り返しました。一、二か月して実際に競馬場に行き、逃げ切る脚力を見込んだ牝馬に勇気を出してかけたんです。結果は勝利。これは嬉しかった。その後、競馬術は多少は上達したようです。しかし、ソニーの重役に会う機会があったとき、一緒にいた社長に「この人はうちの給料じゃなくて競馬で食ってるんだ」といわれたときは、さすがに面食らいました。*

＊この後、地方競馬から一九七三年に中央競馬に転身したハイセイコーが活躍し、社会現象になった。七四年の引退後、増沢末夫騎手が歌ったレコード「さらばハイセイコー」もヒットした。

12　初の小説　立原正秋が評価

　就職に苦労する一方、小説は、大学卒業後すぐ書き始めました。一九六八年（昭和四十三年）三月には、大学時代の友人と同人誌『炎天使』を創刊し、宮城谷青一の筆名で載せた「春潮」（のち「春の潮」と改題）が処女作です。海辺の街で、双子の姉妹とともに育った青年の揺れる心情を描いた小説で、川端康成の文体に影響を受けていました。

　その同人誌を早稲田の教授で仏文学者の新庄嘉章（しんじょうよしあき）先生に送ったのは、新庄先生が作家の立原正秋さんと『早稲田文学』の復刊を準備していると聞いていたからでしょう。「急ぎ研究室へ来られたし」。ある日、そう書かれたハガキが新庄先生から届きました。「早稲田文学だ」と直感し、体中に戦慄が走った。研究室に行くと、「同人誌の中で良い作品が二作あった。立原君に見せたら君のほうが良いといっている」といわれ、すぐに立原さんに電話するよう指示されました。

電話をしたのは大隈講堂近くの電話ボックスです。立原さんは「『春潮』を『早稲田文学』に転載してもいいけれど、新しい作品が読みたい」とおっしゃってくれた。至福の時でした。

二作目の「天（てん）の華園（かえん）」を書き上げて連絡すると、日を指定され自宅へ持ってくるようにといわれました。家は神奈川県鎌倉市の腰越で、江ノ電に揺られてたどりつきました。玄関に入ると、靴がたくさん並んでいた。文学仲間の小宴会に招かれたらしいと気づきました。恐る恐る末席に座りましたが、誰がいたのか覚えていない。それぐらい、あがっていた。

立原さんの席には鈴が置いてあって、ちりんと鳴らすと、奥さんが現れて料理と酒の種類を変えてくれました。立原家では三段階でアルコールが出る、というのは有名だったらしい。ビールを飲んだらちりん、ウイスキーを飲んだらちりん、最後は日本酒で締めです。

そうとは知らない私は一杯。また一杯……酒が弱いのに飲まないと怒られそうだったから、意識を失わないように必死に飲んだ。つらかったですね。
みなが帰った後、立原さんに原稿を渡しましたが、何を話したのかの記憶もない。帰路、駅へ歩いていると地面が揺れている。「あ、これが千鳥足か」って……。酔っぱらったままふらふらと帰宅しました。

「天の華園」は、『早稲田文学』の六九年の三月号に掲載されました。その後、七一年から立原さんの推薦で同人誌『朱羅（しゅら）』に参加しました。*
『朱羅』には後に芥川賞を取る岡松和夫さんもいて、私より十歳ほど上で文学の知識も豊富な人たちが中心でした。途中参入の私を彼らは「なんだこの若造は」と思っていたかもしれません。「いかにも立原が好きそうな神経質そうなやつが入ってきたと思った」と、後で冗談めかしていわれました。

*現在は各出版社が主催する公募新人賞が作家への登竜門だが、以前は同人誌で文章を磨き、大手出版社の文芸誌に転載され作家となる例が多かった。

13　自分の文体追求　無口に

立原正秋さんには、原稿が書けたら持ってこいといわれていました。ところが、『新評』編集部の仕事が忙しくなり、小説を書く時間がなくなったのには困りました。雑誌への寄稿者が夜型なのでこちらも出勤は遅いのですが、会社に終電近くまでいて後は仕事の持ち帰りでした。湯を落とす間際の銭湯に走り込み、自室でレイアウトなどを朝の四時までこなす、その繰り返しです。

ある時、編集部で立原さんが参加する対談が企画されました。ひどく叱られるのがわかっていたから、びくびくしながら、それを依頼する電話をしましたね。要件を伝え、問われるままに会場となる店の名をいうと、「そこは魚がまずい」とつっけんどんに返され、「すみません」と謝りました。

対談当日も、私の顔をみると不機嫌この上ない顔で、「君はなんで原稿を持ってこないんだ」と問い詰めてきました。「実は仕事が忙しくて」と弁明したところ、「そうか」と急に嬉しそうな顔をした。

立原さんは、私が商業誌の編集者から声をかけられて、そちらに原稿を持っていっていると疑っていたんです。「中途半端に世に出てはいけない。そうやって散ったり沈んだりした作家を自分は数多く見ている。基礎だけはきちんとしてから作家として立ちなさい」と教えられました。よい作品であれば、立原さん自身が文芸誌の編集部に持ってゆく、ということでした。弟子の将来を考えた優しさに感動しましたね。

立原さんの期待に応えなければと思いながら、二十六、七歳の頃から私は迷いを覚えるようになりました。このまま川端康成の方法論で小説を書き続けても、模倣や二番煎じにすぎず、川端は超えられない。まったく別のオリジナリティーを持つ作家にならなければならない。

そのためには、自分が築き上げた文体を「解体」しなければならないと考えた。もともと辞書にあった言葉を使って小説を作ってきた。けれど、借りてきた言葉は辞書に返し、自分しか所有していない言葉は、何なのか、突き詰めようとしはじめたのです。会話も借り物でない言葉で話そうとしました。すると言葉を選ぶうちに、日常会話がまともにできなくなり、会社でも無口になってしまった。

当時、フランス語を学びたくなって、ＮＨＫの語学講座を録音テープにとってヘッドホンで聴きながら眠りました。しばらくたつと、電車に乗っていても乗客の日本語の会話がフランス語に聞こえはじめました。*

そうやって孤独に迷路をさまよううちに、二足のわらじはあきらめ、新評社を辞めて本気で作家として歩もうと思うようになりました。


*ＮＨＫラジオでは、英語の語学講座は一九二五年の放送開始当初からあり、三一年の第二放送の開始時に仏語と独語が編成された。教育テレビでは五九年の開局時に英語会話、六〇年度に仏語と独語が加わった。

14　「出直し」決意し円満退社

雑誌の仕事で歴史学者の奈良本辰也（ならもとたつや）さんと作家の陳舜臣（ちんしゅんしん）さんの対談を担当したことが、新評社を退社するきっかけになりました。

一九七二年（昭和四十七年）、NHKの大河ドラマで「新・平家物語」が放送され、それを機に源平の戦いについて、お二人に大阪で話してもらったのです。*「阿片戦争」など中国の歴史を題材にした小説をお書きになっていた陳さんと、吉田松陰らを再評価した奈良本さんの対談です。話が弾んで次々に出てくる話題は、奥ゆきも広がりもある。歴史の豊かさに感銘を受けました。

私が知っている歴史は、小説を読んで得た借りものの知識に過ぎない。お二人のように、原史料に基づいて話ができる方とは雲泥の差がある。歴史を知らない

新評社時代、『別冊新評』の取材で訪れた調布飛行場で。

人は人生において損をしているのでは、とまで考えさせられました。

かりに十年間歴史を勉強したとして、私の年齢では三十七歳頃までかかる。今会社を辞めないと間に合わないと焦りました。

対談をまとめた後に辞表を出して、七二年九月末で円満退社しました。古い家を壊し一回更地にして小説家としての新しい家を建てる、そんな決意でした。

しばらくは東京で無為に過ごしていましたが、わずかな退職金もすぐになくなりそうだったので、無謀にも競馬で生活しようと考えました。競馬特集を担当したこともあり、自分の馬券術に自信もあった。生活するお金くらい稼げるだろうと。

実際にやってみると、精神衛生上、非常に悪かった。生きるための競馬だから、絶対負けられない。月曜日には、週末の競馬のことで頭がいっぱいになり、小説のことなんて考えられない。つらすぎて三、四か月でやめてしまった。その後は新評社からもらった翻訳の仕事などで食いつなぎました。

現在のペンネームを使い始めたのもこの年からです。蒲郡（がまごおり）市にいる母親が、「蒲郡ホテル」（現・「蒲郡クラシックホテル」）に宿泊した有名な姓名判断の先生に自分の名を見てもらう機会があり、見料を先払いして私の名も東京で見てもらえるよう頼んでおいたんです。

六本木あたりにその先生を訪ねてゆき、「できるだけ使いなさい」と見せられたのが「昌光」でした。まだ在社している頃で、「そう悪くないな」と思いながら六本木から戻って、銀座の街を会社へ向かって歩いてゆくと、不思議なことに、お腹（なか）のあたりがほかほかと温かくなってきました。

その後も小説家として立てない時期が長く続いたので、この筆名をやめようと思ったこともあります。

日を二つ重ねる昌の字は、日光のことだと思っていたら、白川静博士の説では、星の光だそうです。だから、届くのが遅かったのかもしれない。それは月のように満ち欠けもなく、永遠に消えない光だと思うことにしています。

＊『新・平家物語』は吉川英治の同名小説が原作で、大河ドラマ第十作。脚本は、作家の平岩弓枝さんが担当していた。

15　わずか二か月　スピード婚

突然降り出した雨のきらきらとした水滴が、新幹線の車窓を流れていました。母親の知人を通して見合いの話が舞い込み、東京から郷里の蒲郡（がまごおり）市へ向かっていた一九七三年（昭和四十八年）二月のことです。私は旅に出てもいつも晴れ男だから不思議に感じて、今回は何か違ったことが起こるという予感がありました。

二月七日、小雪の舞う当日に、見合いの席に現れたのが、蒲郡で織布業を営む本多家の末娘の聖枝（きよえ）です。私は、「見合いの心得」や人相学の本を読んで「予習」していたのですが、結婚相手にふさわしいチェック項目は全部合格で驚きました。「ここまで生きてきて、何かいいこと、楽しいことがありましたか」と私が聞くと、すぐに「何もないです」と答えたのが特に気に入った。私も全く同じだったから。本音をいきなりいう、嘘（うそ）をいわない人だとわかって安心しました。

　私はさほど迷うことなく結婚したいと思ったのですが、彼女はもう一度会いたいということなので、二週間後、再び帰省して豊橋市に二人で出かけました。昼食をとったあと、豊橋駅前の喫茶店で、フリーライターとしての私の仕事について話したのですが、ウェートレスがやけに頻繁に水を注（つ）いでくる気がした。変だ

結婚２年後。聖枝さんと。（1975年10月）

なと思ったら、話に夢中になるあまり、三、四時間も経過していたんです。

夜になって、聖枝の家まで送っていくと、別れ際に、彼女から「私行きます」と告げられました。私は戸惑い、この人は、どこか一人で旅行に行くのかなと思った。どうも男は鈍くていけません。当然、「お嫁に」でした。

三月には本多家で結納を交わし、結婚式は四月十七日。見合いから二か月と十日のスピード婚でした。

当時は、宮崎を始め九州に新婚旅行に行くのがブームでした。妻に希望を聞くと気乗りしない感じで「京都か奈良でいい」といわれました。修学旅行ではあるまいし、そんな近い所をといぶかりましたが、彼女にはたくらみがあったんです。夫の本性が新婚旅行先で出てくる可能性がある。とんでもない男だった場合、逃げ帰ってこられる近いところがいいという。*

京都奈良二泊三日の日程になりました。奈良では、秋篠寺(あきしのでら)へ向かう途中、道に迷ってしまったんです。困っていたら、小学一年生ぐらいの女の子がランドセルを背負ってひょいひょいと畦道(あぜみち)を歩いていくのが目に入った。妻がいったのです。

「あの子の後をついていけば、秋篠寺に行ける」

神がかり的だなと思いながらもその言葉に従って歩いていくと、確かにお寺に到着し、女の子は秋篠寺の中にすっと消えていった。この後、何度も妻の先を見通す力に、私は導かれていくことになります。

＊六〇年、昭和天皇の五女、島津貴子さんが新婚旅行で訪れて以来、南九州はハネムーンの名所に。団塊の世代が結婚適齢期を迎えた七四年には、全国の新婚旅行客の約三七パーセントが宮崎市を訪れたという。

16　水彩画とカメラに没頭

二十八歳で結婚した一九七三年（昭和四十八年）から蒲郡（がまごおり）市の三谷（みや）温泉の実家に居を戻し、母親の土産物店を夫婦で手伝うことになりました。しかし当面、新評社の仕事などもあり、東京で最後に住んだ荻窪（おぎくぼ）の家を借りたままにしたのはまずかった。「部屋を引き払わず、たびたび行くのは怪しい」と妻に疑惑の目で見られたのにはまいりました。

小説は、借り物でなく、自分が保持している言葉だけで書きつづけ、同人誌に発表していました。自分に嘘偽（うそ）りのない書き方なので、精神的にはつらくないのですが、一日に二、三行しか進まない。それでも救いはあった。妻が「こういう小説は嫌いではない」といってくれ、私の知人の奥さんも気に入っていると聞き

「風の装」で『日本フォトコンテスト』1980年の月例フォトコンテストで特選一席となる。

ましたから。この世の中に私の読者が二人いる。そのことが心強かった。

結婚後二年間は、水彩画にはまり、独自の手法も編み出しました。ケント紙の上に絵の具を垂らすと少し染みる。それを風呂場で水洗いし刷毛(はけ)でこする。その作業を何度も繰り返すと、水彩画なのに線が強調されない、ルノワールのような絵になるんですよ。

熱心すぎたせいか、妻には、「私は土産物屋の仕事をしていたのに、あなたは一日中、優雅に絵を描いていた」と今でも皮肉をいわれます。外国の写真を絵画化したのですが、次第に写真が細部まで被写体を捉えることが不思議に思え三十歳の頃から、今度はカメラに凝りました。*

『日本カメラ』『アサヒカメラ』など写真四誌を毎月熟読し、各誌の月例の写真コンテストに応募することが生きがいでした。最初に月例で特選一席になったのは、『日本フォトコンテスト』八〇年七月号に載った「風の装」という作品で、広角レンズを使い晴れ着姿の女性を撮ったものです。

どうも私は凝り性のところがあるようです。撮影会で撮った女性の写真をスライドプロジェクターでドアに映し、長時間露光して撮影したり、一つの写真を銀板に複写し窓のある風景と合成したり、さまざまなテクニックを磨いていました。妻は写真も白眼視していたのですが、やがて自分でも撮影を始め夫婦共通の趣味になりました。

写真を深く知ることは小説にも無駄ではなかった。光源の位置によって、被写体の表情が変わるから、それを見極めて撮影しないといけない。また、ストロボのように光源の温度が高いと写真は青みがかり、夕日のように低いと赤みがかる。その応用で小説を書く際も、人物を照らす光源の場所や色温度を意識するようになりました。

約五年間、寝ても覚めても写真のことを考えた結果、八一年には『日本カメラ』の年度賞八位（カラースライド）をもらいました。そのことに満足し、そろそろ本来の小説のほうに戻らなければと、考え始めました。

＊七〇年代、一眼レフカメラは露出の自動化が進み日本メーカーが世界を席巻。当時の機種にキヤノンＡＥ‐１、ニコンＦＭなど。

17　白川静さんの著作で開眼

「三年園を窺わず」。庭に下りる暇もないほど、学問に没頭するさまを指す言葉があります。中国の古代史に夢中だった三十代後半の私はまさにその状態でした。最初のきっかけは、一九七五年（昭和五十年）、三十歳の頃に海音寺潮五郎さんの小説『中国英傑伝』を読んだことでした。特に春秋戦国時代の話の面白さに、こんな世界があるのかと感心しました。

日本の歴史小説は、海音寺さんや司馬遼太郎さんらをしのぐ画期的なものを書く余地は少ない。では中国ものはどうかと漠然と考えました。中島敦の『李陵』のような名作はあるものの、中国ものは作家も読者も少なかったのです。『中国英傑伝』で特に惹かれたのが春秋時代、十九年の流浪の果てに晋の国の君主となった重耳（ちょうじ）の話でした。読書家で先見の明のある伯母に、「昔の中国にこういう話がある」と重耳について語り、感想をきかせてもらった。その感想が上々だったので、さっそく重耳の小説を書き始めましたが、一ページもいかないうちに挫折してしまいました。

中国の歴史は伝説上の三皇五帝に始まり、夏（か）、殷（いん）、西周（せいしゅう）の時代を経て、春秋時代に至ります。その前の時代を知らなければ、春秋を書けないのだと気づきました。「漢字を使うには、必然性がいる」とかつて立原正秋さんにいわれたことも心に残っていて、漢字をどう使うべきかにも迷いがあった。三十五、六歳から古代中国を熱心に勉強し、ノートにまとめ始めました。

その頃、目を開かされたのが、白川静さんが一般向けにお書きになった『中国古代の文化』や『孔子伝』などの著作でした。*

甲骨文字は、王が神に聞く占いのための神聖なものであったことを知って驚きました。漢字の成り立ちについても、例えば「告」の字の下の部分は口ではなく神への祝詞を入れる箱のこと。「眉」は目の呪力を高めるため目の上に装飾を施すことです。「媚」はその眉飾りをした女性の呪術者のことだったと教えてくれます。白川さんの本を読めば読むほど、古代の風景が頭の中に広がって、想像力をかきたてられた。

こうなると中国古代の勉強が面白く、テレビも見ずひたすら部屋に籠もり、三年間、外に出かけた記憶がほとんどありません。長時間座り続けたせいで、足に水がたまり、病院で抜いてもらったほどでした。

白川さんがいなければ、宮城谷昌光という作家は誕生しなかった。今でも、白川さんの本を一行読むだけで、長編小説が書ける気がします。

*白川静（一九一〇～二〇〇六）は、中国最古の文字である殷の甲骨文字などを研究し、漢字の成り立ちを解き明かした孤高の学者。苦学の末、立命館大を三十三歳で卒業、同大教授を務め大学紛争の際も閉鎖されたキャンパスで研究に打ち込んだ。晩年には『字統』『字訓』『字通』の三部作を完成させた。

18　塾経営の合間　長編執筆

一九八〇年（昭和五十五年）頃、生活の糧だった三谷温泉の売店は不景気になって、収入が減ってしまいました。そこで私の母一人に店を任せ、蒲郡市中心部に塾を開くことにしました。当時、頼まれて三谷温泉の子供たちに英語を教えていたので、英語の先生をうまくやっていくことに多少の自信はありました。

苦労して借家を見つけ、新聞にチラシも入れたのですが、子供が塾を決める季節を過ぎた五月になっていたため、電話一つ鳴らない。私はすぐ「これはダメだ」と絶望したけれど、妻は「さっさと切り替えましょう」といって、彼女の兄に相談しました。蒲郡南部小学校の近くに家を借り直し、六月にはおいとめい、おいの友達の三人が通ってくれることになりました。東海英語教室のスタートです。

六畳二間の狭い家の一室を教室にして黒板や小さな坐机(すわりづくえ)をいれました。その年の終わりには、十人程度に生徒は増えたのですが、授業料は一人月三千円で家賃を払うとほとんど残らない。そこで、妻が書道教室も開き、家計の支えにと市役所のアルバイトも始めてくれました。

しかし疲労がたまったのか、ある冬、妻が体調を崩した。入院こそしなかったけれど、一番ひどかった一週間は、頭痛を訴え熱が下がらなかった。雪が降って水道が凍ってしまい、熱さましの水を替えるのにも難儀しました。この人はこのまま死んでしまうのではと胸を痛めながら看病したのはあまりにつらい記憶です。その風景がよみがえってくるので、当時愛聴していたマーラーは、その時以来、聴いていません。*

塾は生徒が増え、八五年にはもう少し大きな家に引っ越しました。

多いときは幼稚園児から高校生までここで約五十人、三谷温泉の実家で十数人を教え、八七年までは経営も順調でした。プライドが高く、個性も豊かな子供たちのことは、大好きでした。実子がいないかわりに、神様が生徒たちの面倒を見なさいといっているように思っていました。

　妻がアルバイトに出て、子供たちが塾にくるまで、空いた時間ができたので、八三年頃から中国古代の最初の長編小説「王家の風日」を書き始めました。塾の生徒たちが使う机の上での執筆です。原稿用紙百三十枚強書いたところで、回想場面から始めたことに違和感を感じました。妻に読んでもらうと「ダメです」と

蒲郡市の塾を閉じる直前の１枚。
（1991年１月頃　写真／読売新聞社）

いわれ、その原稿はすてて、最初から書き直しました。殷（いん）の末に生きた箕子（きし）を主人公にしたのは、殷の滅亡後に朝鮮の王になった伝説もある箕子が、歴史の柔軟性を表していると思ったからです。小さなぜいたくがやがて大きくなることを予見した「象牙の箸」の逸話でも知られ、教養も勇気もある。すべてにおいて、最初の中国古代小説には、この人がふさわしいと思われました。

＊八一年（昭和五十六年）冬は日本海側の「五六豪雪」、八四年（昭和五十九年）は「五九豪雪」の年。蒲郡は普段温暖だが、八〇年代前半は全国的に寒い冬が続いた。

19 「私家版」出版社反応なく

「王家の風日」の原稿は恩師の小沼丹先生に送って、読んでくれる人をさがしてもらいました。しかし中国古代に関心がある人がおらず、長い間、東京でうろうろしていたらしい。

仕方なく原稿を蒲郡に戻し、妻に自費出版の許可をもらった。新評社時代の上司が休眠中の出版社を私のために起こしてくれ、そこから出しましたが、装幀、校閲など全部夫婦でこなした事実上の私家版です。

自信はあった。日本人になじみのない中国古代の話でも、小説として面白ければ、だれかの心をうつはずだ。しかし五百部刷り、出版社などに送っても梨の礫。司馬遼太郎さんからの葉書以外に唯一取り上げてくれたのが、名古屋の放送局C

BCでした。

局の別の方に送った本が、アナウンサーの中島公司さんに渡って「おはようCBC」という自分のラジオ番組に呼んでくれました。名古屋のスタジオで録音のインタビューを受けたのです。殷の時代は中国に仏教が入るはるか前なので、仏教起源の日本語は排して小説を書いたという話をしたら、中島さんはたいそう驚いていた。のちに「この人は今、無名の作家だけれど、やがて雲の上の人になるかもしれない」とまでいってくれた。*

出版社からの反応が皆無だったのはショックで、既に次の中国歴史小説「天空の舟」を書き始めていましたが、やはり日本の歴史小説を書かないとダメなのだろうかと、ノイローゼ気味になりました。

塾の経営も、一九八九年（平成元年）にはどん底にきていた。地方都市でも大手の学習塾が参入してきたことが一因です。九〇年にはもう塾も小説もあきらめて、サラリーマンになって会社勤めをしようとまで思いつめました。

三谷温泉の実家の教室で教えていた時のことです。子供たちが岡崎市（愛知県）の岩津天満宮にお参りすると受験に受かるという話をしていました。続いて、初日の出にお願いすると、かなうともいい始めた。

中国古代では子供たちの歌・童謡は、未来を予言すると信じられていました。この清らかな声もお告げなのかと思ったけれど、もうそのときは元旦を過ぎていた。「来年まで待たないといけないのか」とがっかりし、帰宅して、はっと気づいた。旧暦ならまだ間に合うのだと。

その年の旧正月の一月二十七日早朝、夫婦で蒲郡の竹島前の海岸にでかけました。寒い日で雪が舞い落ち、なぜか猫が歩いていた。やがて三河湾をはさんだ渥美半島から、太陽が顔をだしました。「元旦の朝日ってこんなにぎらっとしているんだ。すごく温かい」。そう思いながらお参りをして、帰宅しました。そしてそのすぐあとから、私たちの運命は好転したのです。

＊「おはようＣＢＣ」は九〇年まで朝七、八時台に放送された同局の朝の看板番組。中島さんは終了まで十四年間、この生放送のパーソナリティーを務めた。

20　四十五歳　師の墓前に出版報告

一九九〇年（平成二年）二月頃、未来が見えない絶望の中にいた私に、名古屋市にあった海越出版社から突然、連絡がありました。天野作市社長からで、「知人の中島公司さんから、未発表の小説があると聞かされた。一度読ませてほしい」と。その頃、利休について寄稿した『毎日グラフ別冊』をCBCの中島さんに送り、未発表作品があると書き添えておいたのです。

その小説が商（殷）王朝の名宰相・伊尹を描いた「天空の舟」でした。自費出版する気にもなれず、押し入れにしまいっぱなしになっていました。

車で蒲郡市までやってきた天野社長に、原稿の入った箱を預けました。社長が一週間もたたずにまたの来訪を告げたので、私は彼が手ぶらで玄関を入ってき

海越出版社の天野作市社長（左）、CBCの中島公司さん（右）と宮城谷夫妻。（1991年７月名古屋市で）

たらその原稿が本になると思っていた。原稿を返しにきたのではないのだから。固唾をのんで待っていると、社長は箱を持っていなかった。四十五歳の遅い商業デビューが決まった瞬間でした。

『天空の舟』は七月半ばに出版され、東京駅前の八重洲ブックセンターに様子を見に行きました。地方出版社の本なのにいい場所に置いてあったのですが、妻は、「こんなに多くの本と戦わないといけないのか」と心配になったといいます*。

その後、神奈川県鎌倉市の瑞泉寺にある恩師・立原正秋さんの墓前に

『天空の舟』を捧げ、「やっと本がでました」と夫婦で報告をしました。立原さんにお会いしたのは七六年、『朱羅』で同人だった岡松和夫さんの芥川賞授賞式で、「君、少し大人になったな」といわれたのが最後です。原稿を持ってこいといわれるのが怖くて結婚の報告もできなかった。八〇年に五十四歳で亡くなられてしまい、悔いが残っていました。

墓参りの後、北鎌倉のご自宅に奥様の光代さんをお訪ねしました。立原さんが生前、「自分が見込んだ作家はだいたい成功しているのに、なぜ宮城谷は伸びてこないんだ」と気にかけていたと奥様に教えられ、私はありがたさをかみしめました。

いつしか奥様と妻がふたりだけで語りあい、ふたりとも泣き始めました。妻はその前、立原さんの霊前で「何をやっていたのか、いまごろ来て」という声が聞こえてきたそうです。そして、奥様とお話をして、作家の妻であるお互いの気持ちが近づいていくのを感じた。これまで積みあげてきた苦しみがにわかに落ちて、無性に悲しくなったといいます。

その後、立原邸を出て北鎌倉の駅についても、まだ涙が止まらない。あれほど泣いた妻を見たのは初めてでした。私は困り果ててしまった。知らない人がみたら、別れ話を切り出し女を泣かせている悪い男みたいでしたから。どうしようもなくて、駅近くの喫茶店に入って、なだめつづけました。

＊八重洲ブックセンターは鹿島建設の鹿島守之助元会長の遺志で作られた大型書店の先駆け。七八年に開店し、日本一の書店として話題を集めた。

21　直木賞受賞　一気に時の人

『天空の舟』は一九九一年(平成三年)一月の直木賞の候補になり、落選しましたが、四月に新田次郎文学賞を受賞しました。賞の候補になるのはありがたいのですが、当時の私は、雑誌に連載して原稿料をもらえるようになったことのほうが、嬉(うれ)しかったのです。*

九〇年の『天空の舟』の出版後、講談社の編集者が風のように素早く蒲郡(がまごおり)に来て、押し入れで眠っていた短編が、『IN☆POCKET』誌に連載されました。秋には文藝春秋の編集者が相次いで来た。連載を依頼され、仕事が軌道に乗り始めたのです。

最初に原稿料をもらったときは、嬉しかった。私たちは、決して豊かでない生活でしたから、そのレベルで計算したら、雑誌用の原稿を毎月百枚書けば、食べていけることが分かって安心した。九一年二月に塾を閉めて翌月に名古屋市へ引っ越し、専業作家の道を歩み始めました。

次に海越出版社から出した『夏姫春秋（かきしゅんじゅう）』も、七月の直木賞候補となり、十五日の選考当日は、海越出版社で連絡を待ちました。会社の編集部には、新聞社や

直木賞決定の電話を受ける著者と、拍手して喜ぶ、天野作市・海越出版社社長。（写真／読売新聞社）

テレビ局が詰め、私は天野作市社長らとともに、応接室で待機しました。受賞かどうかの知らせが来るのが午後七時半から四十分ぐらいと聞いていたのですが、なかなか連絡が来ない。

電話が鳴りました。しかしそれは「まだ決まりませんか」というテレビ局からの問い合わせでした。また、電話でした。今度は、書店からの本の注文でした。五十分を過ぎても連絡がなく、文藝春秋の担当編集者も「ちょっとおかしいですね」と焦りの色をみせた。

私は内心は落ちると思っていたけれど、みなの緊迫感が伝わってきて、のんきに構えていられなくなった。五十三分にまた電話がありました。女性社員が電話をとるといきなり、「キャー」と悲鳴のような声をあげました。受賞の合図も決めていたのですが、それで受賞がわかった。

それからは天地がひっくり返ったような騒ぎでした。すぐ近くの愛知会館で記者会見をおこない、翌日の予定確認をして家に帰ったのは午後十一時頃。妻とゆっくり喜びに浸る暇もなく、事務的な話をして就寝したら、寝入りばなに時差のあるスペインにいた編集者から祝福の電話が入って、もう寝付けない。翌朝は六時過ぎに迎えの車が来て、ＮＨＫの生放送に出演したあと、海越出版社に立ち寄りました。本の注文の電話が途切れることなく鳴り続けていた。

午後からは新幹線で東京に行って文藝春秋でインタビューなどを受けたのですが、寝不足と空腹で気分が悪くなり、地下の社員が休むスペースで一時間ほど横になりました。その日、直木賞を同時受賞した芦原すなおさんも、文春社内で横になったらしい。「直木賞作家が二人とも文春で寝たのは、前代未聞です」と編集者にいわれました。

＊この時の受賞者、古川薫さんは六十五歳、候補最多の十回目での受賞だった。

22 「孟嘗君」再開待つ被災者

一九九一年（平成三年）の直木賞受賞後の慌ただしさの中でも、特に気がかりだったのは、受賞後第一作を『別冊文藝春秋』誌に発表することでした。締め切りまで日数がなく、急いで書かないと間に合わない。東京から名古屋に戻って市内のホテルに缶詰めになったら、ここにも電話がかかってきて集中できない。やむなく京都のホテルにまで逃げました。

ところが、原稿は遅々として進まない。締め切りが迫り、焦りました。すると京都まで様子を見に来た妻に、「いつも和室で座って書いているのに、洋室で椅子に座って仕事をしているからでは」と指摘されたのです。部屋を和室に替えてもらったら、とたんに筆が走りだした。妻はそういうアドバイスの名人です。

受賞後の騒ぎは三か月ほどで落ち着き、書き下ろしとして途中まで進めていた「重耳（ちょうじ）」の執筆を再開しました。しかし、後々の展開を考えて伏線を張ったはずなのに、どうしても思い出せない。再読し伏線を必死に思い出す日々はつらく、地獄でした。やりかけたことを途中で止めてはいけない。そのとき得た教訓です。

九三年三月からは、中日新聞、北海道新聞など地方紙六紙の夕刊で、初の新聞連載「孟嘗君（もうしょうくん）」を始めました。毎日少しずつ書いてゆくと絵巻物を広げるように大きな絵になる。新聞小説は、私の執筆スタイルに合っていて、一度やってみたかった。古代中国の人名も地名も知らない読者のために、平明さを意識しました。しかし、例えば、中国では渡河は黄河を渡ることなので、ほかの川を渡るときに渡河と書けない。そうした語意のズレに関する難しさもあった。

数奇な運命を経て戦国時代の斉（せい）の宰相となる孟嘗君が主人公なのですが、同時代の大商人、白圭（はくけい）を、幼い孟嘗君を救い育てる養父にしたのです。そうしたら、白圭の人気が孟嘗君をしのいでしまった。うれしい誤算でした。筆が乗って連載期間は二年半と長くなりました。しかし終盤の九五年一月十七日に阪神大震災が起き、連載紙の一つ、神戸新聞だけは当日夕刊から連載が中断してしまいました。*

中日新聞の記者からは、「被災地から名古屋に避難してきた人が、『孟嘗君』が続いているのを紙面でみてほっとした」という話を聞きました。神戸の読者からは、「まだ夕刊に『孟嘗君』が再開されませんが、そのあいだ執筆はお休みですか」との手紙をもらい、被災地で再開を待っている方がいるのだと、涙が出ました。

神戸新聞で「孟嘗君」が復活したのは、三月下旬。二十七日から三十一日まで朝刊で見開きの二ページを使い、十～十一回分を一挙に載せる前代未聞の紙面でした。それには感動しましたね。そうやって計五十四回分の遅れを縮めて、四月から通常の夕刊連載に戻ったのです。

＊被災した神戸新聞社は、本社ビルとコンピュータシステムの損壊で自力発行ができなくなり、京都新聞社の援助で発行を続けた。

23　司馬遼太郎さんに感謝

「司馬遼太郎さんが名古屋にいらっしゃるので、お会いになりませんか」。文藝春秋の方からお誘いがあり、司馬さんにお会いしたのは、一九九六年（平成八年）一月三日でした。

実は新評社に勤めていた六八年頃、電話で司馬さんに原稿を依頼したことがあります。受けてはもらえませんでしたが、駆け出し記者だった私に、終始、腰の低い態度で話をされたのが印象的で、作家はかくあるべきだと思ったものです。

それで気になって、当時、NHKの大河ドラマにもなっていた『竜馬がゆく』を読み始めた。独特のユーモアもあって、すぐに司馬さんのファンになりました。特に感銘を受けたのは、『歳月』です。佐賀藩を脱藩した江藤新平が、京都の長州藩邸を訪れ、門を開かせる冒頭の場面が、日本という国の門をたたいて去っていった人間像を象徴して見事に表していた。

そうした読書体験は後に、小説は結局、書きたいように書けばいいとわからせてくれました。文体を壊し、考えすぎて、がんじがらめになっていた私を、解き放ってくれたのです。その感謝の念を伝えようと、名古屋のホテルのロビーで司馬さんにお目にかかるとすぐにお礼をいいました。

それから主に司馬さんと私が話をしたのですが、司馬さんは、一緒に招待してくれた妻にまなざしを移して、「奥さん、歴史詳しいね」といったのです。妻は普段私から聞いていた歴史の話を二人が話していたので、心の中でうなずいていた。その声が、司馬さんに聞こえたのかもしれません。

その日は、司馬さんの担当編集者との夕食会にも招待を受けました。歴史紀行「街道をゆく　濃尾参州記」の連載をされていたからか、司馬さんに、「三河（愛知県東部）の冬はどんなんやろ」と聞かれました。難しい問いです。三河の南部は暖かいので「のんびりとすごす人が多い」と答えてしまいましたが、それでよかったのかどうか。

司馬さんの中国歴史小説『項羽と劉邦』の話題になったとき、勝敗の決め手となった「敖倉（ごうそう）」という食糧貯蔵地のことを口に出したら、「宮城谷さんは勉強家やな」と褒めていただきました。驚いたのは「孟嘗君（もうしょうくん）」の話をしていて、理由はわからないのですが、「宮城谷さんは生まれながらの小説家やな」とおっしゃってくれたことです。おもいがけない言葉でしたので、ひどく恐縮しました。たった一度だけでしたが、司馬さんに会えたことは、貴重な思い出となっています。

翌月の二月四日、私たち夫婦は、名古屋市西区から、静岡県三ヶ日町（みっかび）（現・浜松市北区三ヶ日町）に引っ越しました。まだ荷物の片づけも落ち着かないころ、約四十日前お会いした司馬さんの訃報が飛び込んできた。もたれかかろうとしていた大樹が急になくなってしまった。強烈な喪失感に襲われました。*

*司馬遼太郎（一九二三～一九九六）は二月十日に大阪府の自宅で倒れ、十二日、七十二歳で亡くなった。「この国のかたち」などの連載を続ける中での急死だった。

24　「古城」の取材　想像膨らむ

デビューしてから約十年間は、中国の春秋戦国時代の歴史小説を多く手掛けました。一口に春秋戦国といっても、時代の様相は大きく異なります。「晏子（あんし）」「子産（しさん）」「管仲（かんちゅう）」など多くの小説で描いた春秋時代は、祭祀（さいし）や占いが人間を規制し、戦いも占いによって行った。神や迷信が介在していた春秋時代が、実は一番好きです。一方、「楽毅（がっき）」「奇貨居（きかお）くべし」などで描いた戦国時代は、人間が祭祀に縛られなくなり、孫子の兵法のように知恵によって戦いをした、思想の自由化が進んだ時代です。合理的な人間の思考は、むしろ現代に近い。などの作品も『史記』『春秋左氏伝』など中国の古典で出会い、書きたいと思った人ばかり取り上げてきました。*

しかし、二十一世紀になってあらたな舞台にも挑戦を始めました。秦、漢などその後の時代を手掛けたことのほか、取り組んだのは、私の生まれ育った三河（愛知県東部）に光をあてた日本の戦国小説でした。

三河といえば、西三河出身の徳川家康が有名ですが、東三河の山間部には大小の豪族がいて、その一人、菅沼定盈（すがぬまさだみつ）は、武田信玄の三万の兵を相手にひと月もの間、野田城（愛知県新城市（しんしろ））に籠城して抵抗した。周囲の大名の勢力争いに翻弄され続けた小豪族の生き方に魅せられ、準備を始めましたが、「家がもう一軒いるな」と思いましたね。

中国史に比べて日本史の史料は膨大で、本がにわかに増えたためです。静岡県三ヶ日町に越したとき、自宅と仕事場を建てたのですが、二〇〇二年に事務所兼書庫の「清香（せいこう）文庫」を新たに作りました。「風は山河より」の連載を始める前に、建築費と史料代を合わせ一億円ほど使ったかもしれない。

この作品では東三河を流れる豊川（とよがわ）の美しさも書きたかった。高校生の時、山間部の友達のところに遊びにいって、豊川で泳ぎ、岩陰にさまざまな色が走る清流の美しさに感動したからです。その後、「新三河物語」では徳川家康を支えた西三河の武将たちも描きました。

日本の歴史小説を書くのに併せ、〇三～〇九年、春と秋に戦国の城跡などを巡ったエッセー「古城の風景」の取材旅行も、いい思い出です。私たち夫婦と版画家の原田維夫(つなお)さん、新潮社の編集者が常連でした。東三河を巡った初日はサクラに彩られたいい旅でしたが、二日目に豪雨に遭い、タクシーが冠水した畦道に水中翼船のように突っ込んでいってひやりとしました。

訪ねたのは愛知、静岡、神奈川の百か所以上になります。土塁や堀が残っていない城跡でも、想像が膨らみ楽しいものでした。しかし、私は常に見聞したことを文章にどう書くかを気にかけていたので、「いつも憂鬱(ゆううつ)な顔をしている」と、原田さんにいわれていました。

＊一九九〇年代には中国古代の歴史小説がブームに。酒見賢一『墨攻』『陋巷(ろうこう)に在(あ)り』、北方謙三『三国志』なども人気を呼んだ。

25　直木賞　選考に思いやり

小説に書きたいけれど、一生涯無理だろう。なかばあきらめていた人物がいました。後漢の初代皇帝である光武帝（こうぶてい）・劉秀（りゅうしゅう）です。出会ったのは、中国古代の勉強を始めた三十代半ば。河北という地域の平定に乗り出した劉秀が、厳冬の中、食糧が尽きて苦境に陥ったとき、白衣の老人が現れ、「努力せよ」といって進むべき道を指示した。その逸話に、貧苦の中にあった自分にも、道を指し示す人が現れるのではと信じました。

ところが、この時代の歴史『後漢書』は当時、翻訳や詳しい解説書がなく、漢文の学者でない私には、歯が立たなかった。しかし、時間が解決してくれました。二〇〇一年から岩波書店から注釈つきの『後漢書』が、その後、汲古書院から全訳も刊行された。書きなさいと言われている気がして、六十歳の頃から勉強を重ね、二〇一〇年から一年半、読売新聞で劉秀の生涯を描く「草原の風」を連載できました。三十年かけて、思いが結実し、感無量でした。

執筆以外で時間を費やしているのは、直木賞などの選考です。二〇〇〇年の四月、静岡県三ヶ日町の自宅を、文藝春秋の三人が訪ねてきました。偉い方ばかりで何事かと思ったら、直木賞の選考委員就任の依頼でした。私が「まだ早いでしょう」というと、三人は顔を暗くして黙りこんでしまった。すると「どうせ受けるなら、今でも数年後でも同じでは」と妻がいったので、三人の表情が明るくなった。

東京の料亭で開かれる選考会に初めて参加したのは七月十四日で、このときの選考委員は十一人でした。今は亡き黒岩重吾さん、渡辺淳一さん、井上ひさしさんを始め、私の小説を選考してくださった方々がずらり並び、初参加だった北方謙三さん、林真理子さんと私が末席に座りました。*

選考委員のみなさんは候補作に優しいというのが第一印象でした。私が同人誌『朱羅』に参加していた当時、お互いの作品を批評しあう合評会に出ていたのですが、二度と小説が書きたくなくなるほど、手厳しく批判される。それに比べ直木賞の選考は思いやりがあると思いました。

選考委員はもう十五年もやっていていつの間にか一番年長の選考委員になってしまった。みんなにほめられて受賞する場合も、欠点を指摘されながら受賞する場合もありますが、欠点があるといわれた方のほうが、その後、作家として伸びていっている気がします。

新田次郎文学賞と吉川英治文学賞の選考もしていますが、困るのは候補作を読んでいると、その作家のリズムが響いてきて、自分の文章のリズムが乱されてしまうことです。防衛策として、候補作を読んだあと、自分が好きな吉田健一や小林秀雄の評論を読みリズムを戻してから寝るようにしています。

＊この時の受賞者は、船戸与一さんと金城一紀さん。一九三五年創設の同賞は年二回選考、二〇二一年一月の選考で一六四回に達した。宮城谷さんは、選考委員を二〇一九年下半期（一六二回）までつとめた。

26　歴史の真実描く『三国志』

「天知る。地知る。我知る。子(なんじ)知る。たれも知らないとどうして謂(い)えるのか」。後漢の政治家・楊震(ようしん)が残した「四知」という言葉があります。楊震は悪事は必ず露見するという意味で用いたのですが、別の意味で、四知は私が生きていく指標になったテーマなのです。

デビュー前に中国古代の勉強をしていたとき、私の読者は身の周りに数人しかいなかった。孤独の中でも、中国古代の歴史小説を切り開いてこられたのは、天や地がきっと見ていてくれるはずだと信じていたからです。二〇〇一年から『文藝春秋』で連載した「三国志」も、私に勇気を与えてくれた、四知の言葉から書き始めました。*

三国演義の名場面には、桃園の誓いや赤壁の戦いでの諸葛亮（しょかつりょう）の活躍などフィクションも多い。しかし私は、歴史書である正史『三国志』に基づきました。それは虚飾を排し、真実を推進する「歴史の力」を大切にしようと考えたからです。小説は資料を離れ飛躍してこそ爽快さが出てくるものですが、この作品では飛ぼうとする翼を抑え、フィクションを極力つくらない、それまでと正反対の方法論を試みました。難しい仕事でしたね。十二年かけた連載は二〇一三年に完結し、全十二巻という私の最長の作品になりました。しかし、終わったあと、体が悲鳴を上げ、腕があがらなくなったりしました。

二〇一五年は作家生活二十五周年を迎えます。作家になることも、ありつづけることもたいそう難しい。人生をやり直す起点に戻ってまた、作家になれるかというと、かなり際どい。努力や才能だけで作家になれたわけでもなかった。白川静さんの学説と出会い、司馬遼太郎さんの小説に出会い、多くの人や時代に恵まれて、今の自分があるのだと思います。

文学の道に迷った若いころに戻りたいとは思わない。結婚後も苦しい時期が長く続きましたが、文学や芸術など浮世離れした私の話に合わせてくれる妻の助けがなければ、私はこの道を進めてこられなかった。妻には「あなたにあわなければ、宮城谷昌光という作家は、どこかの路傍の石になっていた」とよくいうのです。

二〇一四年は、新聞で漢の創始者を描く「劉邦」、雑誌で春秋時代末期の呉越の戦いを描く「湖底の城」を連載し、『中央公論』一五年一月号からは、「草原の風」の姉妹編ともいえる「呉漢」の連載も始めました。

二〇一五年二月に七十歳になります。九十六歳で亡くなられるまで精力的にお仕事をされた白川静さんが、「仕事があるうちは、神様は私を生かしておいてくれる」とおっしゃっていました。私も、そう思うことにしています。

＊『三国志』は、中国の古典小説『三国演義』で有名な歴史物語。日本でも、吉川英治、柴田錬三郎らの小説や横山光輝らの漫画で親しまれてきた。

第二章　おまけの記

宮城谷昌光

本章は、「第一章　時代の証言者」の内容に対応しています。
☛の数字は対応する章のページを表しています。

おまけの記1　英語と漢語

直木賞を受賞した直後に、会う人ごとに、おなじ質問をされた。

「あなたは英文科の出身なのに、なぜ中国の古代を耽好(たんこう)して小説を書くようになったのか」

これは、そのときだけではなく、いまだに明快な答えを示せない問いである。

大学の英文科で与えられたテキストとともに知らされた作家は、つぎのようになる。

W・サロイアン
S・クレイン
T・S・エリオット

R・ライト
C・ディケンズ
B・ジョンソン

これらの作家の一作品（代表作）を原書で読んだ、というより、読まされた。大学受験のまえに、その名を識っていたのは、チャールズ・ディケンズただひとりであり、ほかの作家については、まったく識らなかった。なにしろ私の英語力は貧弱そのものなので、朝から夜まで辞書を引きつづけ、和訳するのに悪戦苦闘していた。それゆえ作品を楽しむ余力はまったくなかった。

ウイリアム・サロイアンの『わが名はアラム』をとりあげて、講義してくださったのは、芥川賞作家の庄野潤三先生である。庄野先生とアルメニア系アメリカ人のサロイアンの作風には通いあうものがあったにちがいないが、庄野潤三作品の良き読者でもない私は、その貴重な時間を堪能することができなかった。もったいない、というより、なさけない、というしかない。スティーヴン・クレインの『勇気の赤い勲章』は、アメリカ版歴史時代小説といってよいが、心理小説と解するべきなのであろう。とにかく、これにはめんくらった。私にとっては、さっぱりおもしろくなく、T・S・エリオットの評論集も、心に滲(し)みてこなかった。

――私には英語が適(あ)わない。

これがそのころの私の実感であり、四年間、英文科にいつづける苦痛を想(おも)って、悩みつづけた。が、よくよく考えてみると、英米の作家の文学観に同調しにくかっただけで、英語そのものを嫌ったわけではあるまい。英語の恩恵を知らないうちにうけていたと想ったほうがよい。

のちにどうしても漢文を読まなければならなくなったとき、邪道(じゃどう)かもしれないが、英文を読むように読んだ。そうでもしなければ、まえに進めなかった。たとえば『竹書紀年(ちくしょきねん)』のような重要な史書の注釈本は日本にはなく、それでも、この史書から中国の古代をのぞくだけではなく、ここからなかにはいりこもうとすれば、自分でなんとかするしかない。ちなみに『竹書紀年』の冒頭は、黄帝軒轅氏(こうていけんえん)であり、最初の行に、

――元年帝即位居有熊(ゆうゆう)。

と、ある。これは思想書とちがって、文が複雑ではない。居(きょ)は、いる、すむ、

すわる、と訓む。それさえわかれば、黄帝は有熊というところで即位したのだ、と見当がつく。この文には、漢文で注が付されており、有熊とはいまの河南の新鄭をいう、とある。

中国の古代を小説の舞台につかおうと決めた私は、漢文を解する素地がないのに、そういうことをはじめたのである。ぞっとするほど無謀なことであったが、わからないことはわからないまま保留にしておき、考えつづけていればわかるときがくる、と肚をくった。英語は、私の語学力では、わからないとどうしようもないが、漢語は、私の語学力でも、どうにかなる。そういうちがいがある、とのちにわかった。

おまけの記2　石の亀

生家である旅館のなかに、子供部屋などあったのだろうか。旅館の客のなかに裕福そうな人がいて、高価なオモチャを買ってきてくれたことがある。それで、二、三度遊んだものの、すぐに猒(あ)きて、古いオモチャにもどった私をみた母が、

「あんなに高い物より、それがいいのかしら」

と、あきれた。客の好意をないがしろにした私の変心をなじったようでもあった。私だけではないとおもうが、子供は他人への配慮に欠けた世界で生きている。他人のためになにかをしたという記憶がまったくない。もしかすると、人の徳は子供のころから積まれはじめ、この積徳(せきとく)の効験(こうけん)がかならず、壮年あるいは晩年に

あらわれるのではあるまいか。私は壮年期におのれの薄徳(はくとく)をなげいたが、他人のためになにもしなかった者が、他人になにかをしてもらえるはずがない。そういうことに気づいたのは、中国の古典に接した三十代であり、知ったとたん、おのれの小ささとみすぼらしさに愕然とした。ちなみに萎縮(いしゅく)しきった心で読むことができたのは、志賀直哉の小説だけであり、音楽もバッハ以外の作曲家の曲を聴けなくなった。

そういう心的経験をもった私が、おのれの子供時代をふりかえりたくない理由を説明することさえおぞましい。

ただし、なぜか忘れがたいのは、

「石の亀」

である。その亀は、生家の旅館から遠くない魚市場の近くにあった。小さな公園のなかにいろいろな石像が置かれていて、亀はそのなかのひとつであった。私は石の亀といってしまったが、実際はコンクリート製であったかもしれない。どの像も、白っぽく、石の色の多彩さはなかったようなので、自然石はつかわれていなかったような気がする。

その小公園は、どうも、竜宮城を模写したものであったようで、では、浦島太郎や乙姫の像があったのか、と問われると、ことばにつまる。亀しか憶えていないからである。つまり私はその亀の背に乗ることが好きであった。

――この亀は、私を未知の世界につれていってくれるのではないか。

幼稚園児の私が浦島太郎の物語を知っていたかどうかはべつにして、その亀から感じたことは、たぶんそういうことであった。あえていえば、その動かない亀に乗ると、浮遊するという感覚が生じた。この感覚は、私の日常生活のなかで、そこにしかなかった。

だが、この小公園はとりこわされた。当然のことながら、その亀も消えた。そのことを知ったのは、私が母に従って転居したあとである。

数年後、小学生として高学年になった私は、町の東にある乃木山に、友だちとともに遊びに行った。遊びまわっているうちに、友だちのひとりが、ひとつの建物の戸に手をかけた。その建物は、堂と呼んでよいような形をしており、朱色に塗られ、特別な建物という印象があったので、個人の所有にちがいないとおもい、なかをのぞいたことはなかった。ところが、友だちの手によって戸が開かれると、なかにあったのは、あの小公園の石像であった。

——亀がある。

消えた石の亀が、山のふしぎな建物のなかに移されていた。私はなつかしく、おなじ亀だろうか、といぶかりつつ、その背に乗った。が、かつて覚えた浮遊感はなかった。私の日常と環境が昔の陽射しを失っていたせいもあるのだろうか、私の空想力は浮力を喪失していた。また、この建物が個人の所有であるとすれば、私たちは持ち主に無断でなかにはいったことになる。それを恐れる私は、亀の背に乗っても落ち着かず、すぐに外にでた。

それが、石の亀をみた最後となった。奇妙な縁で、母と私はその乃木山に居を移すことになったが、そのときには、建物も消えていた。

あの亀は、海に帰らず、土に還ったのであろう。あるいは他の市町村へ運ばれて、公園に置かれ、子供をふたたび乗せているのであれば、私はその亀を脳裡に浮遊させつづけることができる。想いを飛躍させれば、その亀は、時間を泳ぎつづけ、ひそかに私をおもいがけない小説の世界に運んでくれたといえなくない。ただし私はその亀のために、なにをしたわけでもない。それが哀しいが、愛着という感情の行為が、記憶のなかでその亀を生かしつづけたことになったのであればその亀が酬いてくれたのかもしれない。

ところが、である。

おどろくべき記憶の誤認があったことが、判明した。新潮社の諸氏と三谷町をたずねた際に撮られた写真に、その石の亀が写っていた。むろん私が作家として立ったあとである。驚愕した私はすぐさま三谷町へゆき、その公園の存否を確認したが、いまは資材置き場になっていた。私は釈然とせずに帰途についた。いちどとりこわされた公園が、復元されたときがあった、ということはなかったのだろうか。私は幼年期の記憶を信じることにした。

おまけの記3　床下の美

さきに書いた乃木(のぎ)山に移るまえに、私が母とともに住んでいたのは、三谷(みや)町のなかで俗に、

「松区(まっく)」

と、呼ばれている地区であった。

わが家は平屋(ひらや)で、東側だけが隣家に接していた。つまり南北と西側は路であった。隣家は置家であったようで、その二階で鳴る三味線の音を、私は家から外にでるときによくきいた。隣家の東側も路なのだが、その路は川べりの路であった。が、その当時、川はかくされていた。川の上に家がつらなって置かれていた。のちにそれらの家は消えてしまうが、ある時期、そういう危険なすまいが黙認され

ていた。

一箇所(いっかしょ)だけ、それらの家と家のあいだに、自転車がすれちがうことができるほどの幅(はば)の通路があったので、その木道の路を通ればあっけなく対岸であった。その通路の北側の家は駄菓子(だがし)屋で、安いおこのみ焼が売られていたので、私はしばしばそれを買って食べた。紅生姜(べにしょうが)と鰹節(かつおぶし)の味が、記憶のなかで濃厚である。

その家のあたりから、南へさがってゆくと、川の上の家は二、三軒でとぎれる。つまり川床(かわどこ)がみえるようになる。

川床までおりてゆく小さな階段があり、私はそれをつかって浅い川の水に足をつけた。川の上の家は、くらがりをつくっており、私は二、三度そのくらがりにはいった。すすめばすすむほど暗くなるだけであり、そこにはおもしろみはなかった。

川の水には色があり、においもあった。川上に染物屋があった。澄んだ川ではなかった。

路上にもどって、川べりの路を南へ歩いてゆくと、月見草(つきみそう)が目にはいる。年中、花が咲いているはずはないが、私としては花をつけた月見草の美しさが消えない。

それは川べりの装飾というより情緒(じょうちょ)であり、その路は夕暮れどきに芸者が往来したにちがいないので、いっそう風情(ふぜい)があった。

その花をあとにすると、海岸が近い。

晩秋になると、その川に架(か)けられる橋が、ひとつふえる。それは急造の木の橋で、手摺(てすり)もないので、梁(はし)、と書いたほうが正しいけれど、ここでは橋という字をつかっておく。この橋は、祭りの山車(だし)が砂浜をくだって海にはいりやすくなるように架けられる。

山車が海にはいるのは、奇祭といってよいであろう。木の橋が架けられると、

――祭りが近い。

と、すぐにわかった。

三谷町の各区のなかで、松区は山車をもっていない。私はそのことがさびしかった。松区の子供は、祝詞(のりと)をおぼえさせられる。祭りになると、この祝詞を唱(うた)って行進するのである。

ちなみに、以前、志賀直哉のことを調べていたとき、かれは旧「蒲郡(がまごおり)ホテル」に逗留中に、足をのばして三谷祭りを見物したことがわかった。

三谷町の海辺の美しいころである。
その海は遠浅なので、山車がはいることができる。それでも山車はかたむき、すこし海の深くなったところで山車を支える綱をひいている人は、立ち泳ぎをしなければならない。おそらく体内に酒がはいっているであろうから、酔っぱらいながら立ち泳ぎをしていたであろう。名人芸である。

秋祭りのことをさきに書いてしまったが、夏の海岸には、海の家がならんで建ち、多くの海水浴客がきた。私は床下にはいることが好きなのか、その海の家の床下にはいり、条(すじ)となる日光の美しさにため息をついた。床の板にすきまがあるため、日光が白い砂にとどくのである。それによってできる明暗が美しかった。

あるとき友人と床下を這(は)ってゆくと、小さな宝石箱をみつけた。箱をあけてみると、なかに宝石があった。その宝石が盗品であったことはあとでわかった。これについては、小説として書いたので、ここではくわしく書かない。

その宝石箱を警察にとどけたときに、警察官に、
「どうして、そんなところにいたの」
と、訊(き)かれて、答えに窮(きゅう)した。あの床下が好きなのです、と答えても、わかっ

てもらえそうにない、と感じたからである。床下の光の条にくらべれば、宝石なんぞすこしも美しくない、と高言したい気分がいまだにある。

おまけの記4　水の恐怖

p23

記憶には濃淡がある。以前、どこかでそういう書きかたをしたようだが、やはりここでも、そう書くしかない。すみずみまで明瞭な光景が脳裡に残ることと、残らないことには、理由と原因があるのであろう。

高潮に襲われた際に、小学生である私が母にせかされて家をでる間際については、じつはよく憶えていない。つまり記憶が淡い。

ゴム長靴をはいたことはまちがいないが、傘をもってでたのか、傘のかわりに雨合羽をつかったのか、何度考えてもはっきりしない。ところが独りで家の外にでたとたん、あたりの光景は恐ろしいほど瞭然とする。さまざまな物が浮いていた。西瓜（すいか）などの果物（くだもの）が濁った水に浮いてながれていた。奇妙なほど明るかった。風はほとんどなかった。

私の家から表通りまではすぐといってよく、その広い通りにでたときに視（み）たのは、幻想的な光景である。冠水（かんすい）した道路のかなたに、ひとつだけ人影があった。大人が道路を横断しているようにみえた。ひごろ自動車が通る道路に、人と物の影がほとんどない。みえるのは水ばかりである。

私はこの広い道路のへりに寄ろうとした。この道路をいつも歩くように歩こうとしたのであるが、側溝（そっこう）に蓋（ふた）がないことに気づいた。ぞっとした私は、あわてて道路の中央を歩いた。自動車が走るはずのない道路である。それでも私はときどきふりかえった。水がふえてきたせいか、歩きにくくなった。避難所への道は、この広い道路の途中で右折する。私は水に追われているようにいそぎ、右にまがった。そこも水の深さはおなじであったが、二十歩ほどすすむと、のぼり坂になり、水が浅くなり、ほどなく水はなくなった。

――水からのがれた。

全身でほっとした感じは、いまもたやすくよみがえる。

そこからさらに歩き、左にまがってしばらく歩いた。避難所は公民館ではなく、寺であった。それが私の記憶である。

暗くなっても、母はこの避難所にこなかった。きたのは、夜の八時ごろであったように憶えているが、私の記憶ちがいかもしれない。

「死にそうになった」

母は自分の胸の上までできた水嵩（みずかさ）をいい、流木にゆく手をふさがれて身動きができなくなった恐怖を、私にてみじかに語（つ）げた。

私が家をでたときは床下浸水という程度であったが、母は私を送りだしたあと、独りで貴重品のとりまとめや調度品の移動をおこなっていたのであろう。そういえば、浮きはじめた畳（たたみ）のきもちわるさについてもいった。ということは、その浮沈する畳の上を歩きまわっていたのであろう。

水が引いたあとに帰宅したが、家のなかは泥だらけで、惨状というしかなかった。水をふくんだ畳の重さは名状しがたい。大きな石より重いとおもっていた米（こめ）櫃（びつ）が台所にはなく、そこより遠い部屋にあったので、

「水がここまで運んだのよ」

と、母はおどろき、あきれていた。

こういう大きな被害のあとが消えて、もとの生活にもどるまで、何日かかったのか。まったく憶えていない。ただし、側溝に落ちて沖までながされた少女がいたときいた私の胸は痛んだ。

おまけの記5　山中の神秘

p27

幸か不幸か、中学生になるまで、家のなかに一冊の小説もなかった。もっといえば、一冊の文芸雑誌もなかった。

これは母が小説の愛読者ではなかったあかしである。

そのため小学生の私が読んでいたのは漫画である。「赤胴鈴之助」や「鉄人28号」などの連載漫画が好きであったことはまちがいないが、漫画のなかには歴史上の人物をあつかったものがあり、私はそれによって米沢藩主の上杉鷹山を知った。この名君の生き方と思想に感動したのである。それゆえ、尊敬する人物は上杉鷹山と書いた憶えがある。どうやら小学生のころから歴史好きであったかもしれないが、本人にはそういう自覚はなかった。

中学生になるまえに、母から、

「もう漫画を読んではいけません」

と、いわれ、以後漫画を手にしなくなった。

中学生になったとたん、読む雑誌と本がなくなった。私には詩や小説のおもしろさがわからなかった。バスケット部にはいって練習しているほうが楽しかった。

中学校は丘の上にあり、その丘は山とつながっていたので、私はときどき山の中を独(ひと)りで歩いた。じつは山の中には人が往来できる幽(ほの)かな径(みち)があり、それをたどってゆくと、かなり遠くまでゆくことができるとわかった。これは私の冒険心をくすぐった。

日曜日になると、遠くまで足をのばすことにして、独りで径をさぐり、ついに砥神(とがみ)山の頂(いただき)まで達した。この山は三谷(みや)町の東北端に位置し、東隣の大塚(おおつか)町との境にあるといってよい。さらに私はその山頂から北の御堂(みどう)山のほうをめざして歩いた。この径は、たぶんあまり人が歩かないので、途中の光景を知る人はすくないであろう。が、私のもっとも好きな径といってよい。

途中に、ななめにひろがる笹(ささ)の群生地がある。ここが神秘の地であった。なぜなら、砥神山の頂からここまで、ほとんど風がないのに、ここだけが奇妙に明るく烈風にさらされて笹が狂ったように揺れて、鳴っていた。

――天の光と風が、ここに落ちている。

私はふるえる心でそう感じた。のちにおなじ径を二、三度通ったが、その神秘さはおなじであった。その光景には底知れぬ美しさがあり、それをまのあたりにしたという体験は、貴重であった。

あえていえば、それほどの美しさが詩や小説にあるか、ということである。人工的なものが、自然にまさるはずがない。たぶん中学生の私はそう考えていた。小説を読むということは、俗に手を染めるようなものであったが、山径を逍遥する純粋な時間は、中学二年生のなかばに、終熄した。

私の手は小説にふれたのである。

おまけの記6　唯一のピアノ曲

中学二年のなかばまで、一編の小説も読んだことがない者が、小説家になろうというのは、おこがましいにもほどがある。そういう自覚はあったので、その道に突進する気はなく、高校生になったとき、音楽の道にすすみたいとおもった。
この音楽の道というのは、クラシック音楽の道といったほうがより正確である。ただしクラシック音楽の世界というのは、早熟の天才の集まりである。たとえばベルギーのヴュータンというヴァイオリニストは作曲家としても有名であるが、かれは生まれてまもなく、ゆりかごからヴァイオリンの音がきこえたという伝説をもつ。実際、かれは六歳から公開演奏をおこなったのであるから、小学生でその国のトップの演奏家になったといってよい。そういう世界に、なんの素地もな

い高校生がのこのことはいっていけるはずもないが、私は演奏家になるつもりはさらさらなく、作曲をしたかっただけである。バイエルを満足に弾けぬ私が、ふてぶてしくもピアノ曲を作りはじめた。とても自分では弾けぬ曲を、作るには作った。そのころ、私に声をかけてきた女生徒がいた。

「あなた、ピアノを習っているの」

この問いのあとに、

「作った曲があるなら、みせてよ。わたし、ピアノ、弾けるから」

と、いわれた。この女生徒は高校のある豊橋の出身ではなく、私とおなじように列車をつかって豊橋に通ってきている生徒のひとりであった。しかしおなじクラスにいたのかどうかも憶いだせないほど遠い人で、なぜその人が私を知っていたのか、まったくわからない。とにかく私は、数日後に、その女生徒に楽譜を渡した。それから十日ほどあとに、

「むずかしくてわたしには弾けなかった。でも、いい曲だった」

と、その女生徒はいい、楽譜を私に返した。

——称めてくれたのだ。

そう感じた私は嬉(うれ)しかった。ほどなく私はピアノの練習をやめ、クラシック音楽の道にすすむことをあきらめた。そのとき楽譜もかたづけた。破棄したわけではないが、いつのまにか、私の手もとから消えた。

――残っている道はひとつしかない。

つらい覚悟であった。

小説家になるための手がかりは堀辰雄(ほりたつお)作品だけであった。そこを経由した私は、ふたりの名を知った。ひとりは詩人の立原道造(みちぞう)であり、いまひとりは古典学者の折口信夫(おりくちしのぶ)である。立原道造の作品を読み終え、つぎは折口信夫だな、と方向をみさだめた。この方向にすすむにふさわしい地は、奈良と京都であったので、私は迷わず京都の大学を受験した。ここまでは、堀辰雄から発した道はとぎれることなく、つづいていた。しかし、

「君、早稲田も受けたらどうだ」

と、先生にいわれ、気乗りしないまま受験したあと、急に早稲田に入りたくなった。この心情は多少複雑であり、なにがそうさせたのか、はっきりいえないところが、つらい。けっきょく早稲田に入ったことで、そこまでたどってきた文学

的な道を失った。東京の風景は、堀辰雄がやわらかい筆致で描いた古都の風景とは、くらべものにならぬほど殺伐(さつばつ)としていた。

——選択をまちがえた。

豊橋の高校に入ったときとかわらぬ後悔があった。

おまけの記7　下宿生活

豊島区をトヨシマクと読むような田舎者であった私は、東京の生活になかなか慣れなかった。

賄い付きの下宿は、私だけが住んでいるわけではないので、ルールがあった。だされた食事は残さずにすべて食べること、食事の時間を守ること、などで、ほかにも決まりがあった。料理をしてくれる近藤のオバサンは、最初に、

「どうしても食べられない物があるなら、いいなさい」

と、いった。私は即座に、

「納豆がだめです」

と、答えた。東京にくるまで、私は納豆をみたことさえなかった。まず、にお

いがだめであった。この家で、くさや、をはじめて食べた。この悪臭を放つひものは嫌いではなかった。近藤オバサンのおかげで、私の偏食はかなり矯正された。

近藤オバサンは北海道の人で、

「家出して、東京に着いたら、その日は大雪で、おどろいたことに二・二六事件の日だった」

高松郵便局のバス停にて。道路拡張のため、バス停の位置も移動していた。

と、二度ほど私に語った。

近藤オバサンは活発な人であった。それに対蹠的に、近藤オジサンはおとなしい人であった。

「徳島に池田というところがある」

近藤オジサンはどうやら池田高校の出身らしい。のちに徳島の池田高校といえば高校野球ファンにその名が知れ渡るが、昭和三十八、九年の時点では、無名の高校であった。日曜日になると、近藤オジサンはかならずテレビで競馬をみていた。のちに気づいたのであるが、

——あのときテレビに映っていたのは、シンザンだ。

と、競馬好きになった私は、なかば悔やんだ。もっとよくみておくべきであった。

近藤さんの家から、高松郵便局というバス停まで、歩いて十分もなかったようにおもう。が、朝のバスはこのバス停にとまらない、つぎつぎに通過してゆく。よくみると、通過するバスは、もうこれ以上乗れない、という状態で、あとは池袋西口で乗客を吐きだすだけである。私はとまってくれるバスを二十分も三十分

も待った。が、あるとき、バス停から遠くないところに行列ができていることに気づいた。タクシーに乗ってゆく人々の列である。気づいたのは、タクシー一台に、かならず数人が乗る、ということにである。

――あの人たちは、知り合いではないのか。

私はようやく乗り合いタクシーがあることを知った。ひとり百円払えば、池袋

大雪の日に写真を撮ったかつての下宿前で。建物はそのまま残っている。

西口まで運んでくれる。当時、高田馬場と早稲田の大学前を往復しているバスは、往復で十五円であった。それにくらべると百円は高い。しかし背に腹はかえられない。

池袋西口に着くと、東口まで歩き、そこから新橋行きのバスに乗った。つまり私は電車通学ではなくバス通学であった。このバスもいつも満員になる。それなら池袋から高田馬場まで電車で行けばよいのに、そうしないのはどうやら私の性癖（せいへき）のせいらしい。ちなみに地下鉄東西線の一部が開通して、高田馬場から早稲田まで地下鉄でゆけるようになったので、大学四年生のときに、電車通学に切り替えた。この電車はおどろくほど空（す）いていて、乗るたびに気分がよかった。

おまけの記8　小沼丹先生

私はしばしば小沼丹先生について書いてきた。しかしながら、私がどのように先生に昵近していったのか、あらためてたしかめようとすると、かえってわかりにくくなってしまう。

小沼丹先生は早稲田の英文科の教授で、小説家でもあった。小説家としては第三の新人に属する。ところが私は、まえに述べたように、第三の新人と呼ばれる小説家の作品を一作も読んでいなかった。ある時期、かれらが芥川賞をつぎつぎに受賞していたという事実を知らなかったわけではないが、私にとっての関心事は、

○堀辰雄―立原道造―折口信夫

〇中原中也―小林秀雄―ヴァレリー
〇川端康成
という三条にしぼられており、第三の新人の作風は、異風であった。あるとき私は、

「小沼丹先生の作品は、芥川賞の候補になった」

と、友人に教えられた。それはとりもなおさず、芥川賞を受賞しなかった、ということになるのだが、私はなぜかかえって好感をいだいた。この好感の目で最初に小沼先生をみたのが、「小説概論」の講義がおこなわれる教室においてである。

――小柄なかただな。

それが第一印象であったが、風貌に、良い意味での軽暖があり、学者がもつ独特な重さをまぬかれていた。たぶん私は、この人は本物だ、と感じたのであろう。それゆえもっと近づきたいとおもったことはたしかであるが、そこにあったのは教授と学生の距離であり、その距離を縮めることはむずかしかった。

四年生になった私は、小沼先生に卒業論文を読んでもらうことにしたが、それ

以前に、多少の接触があった。その接触がどういう内容をもっていたのか、まったく説明できない。とにかくそのときはじめて小沼先生の研究室にはいった。それがなければ、とても小沼先生に卒業論文を読んでもらいたい、といえなかったであろう。文学部に提出する願書に、第一希望と第二希望の欄があり、そこに教授名を記入するのだが、私は、第一希望の欄に小沼丹と書き、第二希望の欄は空

大隈講堂前で。

白にした。

——小沼先生のほかに、たれが私の卒論を読めようか。

そういう亢ぶった気持ちがあった。

私は四年生という時間をすべてその卒業論文にそそぎこんだ。それを小沼先生が汲んでくれたことがうれしかった。

しかし卒業後、小説の師となった小沼先生は厳しいかたで、同人誌をもっていっても、一度も、良い、とはいってもらえなかった。それでも、

「君は性格が良いから」

と、いってもらえるのが、せめてものなぐさめであった。

小沼先生は井伏鱒二さんを尊敬しているようであったが、作品のなかにある光の質とユーモアは夏目漱石のそれに通じるようにおもわれてならない。また英米文学書以外では、チェーホフとトルストイの作品を好んでいた。私はしばしば、

「『戦争と平和』を読みなさい」

と、先生にいわれた。またしても私には苦手な作品で、後日、

「百数十ページで、挫折しました」

と、正直に報告すると、

「そんなことでは、だめだ。本当に良い作品なんだ」

と、私を叱(しか)った。

おまけの記9　虚無の小説

小説をなんのために書くのか。

この問いにたいして、どうしても小説の形で書かねばならぬことがあるから、書く、と答えることができる人は、私にとって羨望（せんぼう）の的（まと）であった。おそらくその人は、理屈などはどうでもよく、人が生きなければならないとおなじように、書かなければならないのであって、人生のテーマが定まっているがゆえに、小説のテーマにもゆるぎがない。そのテーマは他人に左右されることがなく絶対であるがゆえに、小説の形式はあとからついてくる、つまり付加的な外貌（がいぼう）にすぎないにもかかわらず、かつてない独特なものとなる。生まれながらの小説家とは、そういう人をいう。

――では、私は……。

と、内省してみれば、書かねばならぬことは、なにひとつなかった。庶子として生まれたことにともなう陰翳は、人の関心を誘引するほど深くはない。また、私が生まれた地に風土的苦難もない。冬でも温暖な地に、詩情も物語性も生じようがない。ないないづくしの私が、それでも小説を書くために考えたことは、

「無い」

ということを、どう書くか、であった。そのヒントを与えてくれたのが、E・A・ポーであった。ちなみに私はポオという書きかたを好むが、ここではポーにしておく。

　なかが空洞なのに、小説として成立する。そういう魔術的な技法を習得しないかぎり、小説家として立てない。このおもいを正当化するために、ポーだけではなく、象徴主義の作家を知り、川端康成の作品も研究した。ただし川端は実体験を浄化して作品を構築しており、ポーとはだいぶちがうが、置いてゆくことばの意義と方向性を定める意思には共通したものがある。要するに、むだなことばをつかっていないということである。

　この方法を私なりに徹底して、文章を書いてゆくと、こまった問題が生じた。小説のなかの人物を動かすと、せっかく作りあげた文章世界がこわれてしまうということである。行く、来る、起（た）つ、坐る、見る、などといった動詞のくりかえしは、腹立たしいほど平凡で、そのつどそれらの動詞に意義をまとわせるのは至難であった。そうなると人が行動しない小説世界を作るしかなくなるが、実際、そういう短編小説を書いた。

　当時（たぶん大学卒業直後）、『文芸首都』という有名な同人誌が、小説の評と添削（てんさく）をおこなってくれるというので、私はそこへ小品を送った。むろん有料である。返ってきた原稿をみると、評者は女性で、

「鬼面人（きめんひと）を驚かす、とは、あなたの小説をいうのです」

と、辛口（からくち）の評がそえられていた。

――やはり、そう読まれてしまうか。

　私は落胆せず、怒りもしなかった。むしろ、鬼面人を驚かす、とは、うまい評だとおもった。たしかに私の小説にはそういうところがある。作中の人は、素顔をあらわさず、仮面をつけている。別のいいかたをすれば、かぎりなく人を無個

性に近づけることによって、人以外の物に個性を添加しようとした。こういう逆説の小説が多くの人にうけいれられるとはおもわれない。

人には、行動美がある。行動すること自体が詩といってよい場合もある。それを頭ではわかっていたが、小説のなかにどうしても表現できなかった。これほど小説がへたであるなら、評論はどうか、とおもわぬでもなかったが、気持ちはそちらにむかわず、小説にとどまった。

なお、『文芸首都』から返ってきた原稿は、棄てた。内容も、よく憶えていない。

おまけの記10　銀座

私が勤めた新評社があったのは、弘和（こうわ）ビルの四階である。このビルの入り口は、銀座の西五番街通りに面していた。

明るくない入り口にはタバコ売り場があり、そこの主（ぬし）は、小説とクラシック音楽好きのオバチャンであった。すこし親しくなってわかったことは、この女性は、かつてはダンサーであったということである。なるほど、その齢（とし）にしては、スタイルがよかった。

彼女は、クラシック音楽に関しては、小沢征爾の指揮を称（ほ）め、小説に関しては渡辺淳一を、

「女心がほんとうにわかっている」

と、いって称めた。ついでにいえば、銀座で親しくなった人のなかに、音楽はバッハとビートルズしか聴かない、という変わり種もいた。

近くに「ルパン」というバーがあり、酒に弱い私でも、そのバーをのぞきたかった。太宰治らが腰かけていたバーで、その写真が強烈に脳裡に残っていたからである。が、実際になかにはいってみると、椅子がずいぶん低く、その写真を撮

かつて「新評社」のあった弘和ビルはなくなったが、「ルパン」は健在。

った林忠彦が床(ゆか)に這(は)うようなローアングルを選んだことに衝撃をうけた。ところが、私のような薄給(はっきゅう)の雑誌記者でも、銀座は楽しい街であった。

「銀座を書いた小説には、さほど良いものがない」

と、きかされた。

――ここには生活感がないからか。

しかし、別の書きかたがあるのではないか。私はいつか銀座を小説に書いてみたいとおもう目で、銀座を観(み)るようになった。めずらしく東京が大雪になった朝に、朝に弱い私が銀座に急行した。西五番街には高級ブティックがあり、その二階に女性があらわれて、雪をみた。

――小説になるとしたら、これだな。

雪の窓辺に女性の顔があらわれ、ほどなく消える。ここから小説が始動する。彼女の正体はさておき、彼女はダンテの『神曲』に登場するベアトリーチェのような案内人となる。

そういう小説を、そのとき考えた。

が、それは実現しなかった。小説的力量がなかったことにつきる。

私は三十歳になるまえに東京を離れた。故郷にこもりつづけるうちに、銀座はますます遠くなった。が、それから二十年後に、上京のたびに日比谷のホテルに泊まるようになり、銀座を歩くようになった。銀座という土地が私を忘れないで招いてくれたといえなくもない。「ルパン」はまだあるが、弘和ビルはとりこわされた。昼食をとりにいった店も、ほとんど消えてしまった。この光景をみると、私にかぎらず、

——銀座を小説に書くのは、ますますむずかしい。

と、いわざるをえない。

おまけの記11　競馬余話

競馬に関心をもったのは新評社にはいってからである。

雑誌社にしては競馬好きの社員はひとりもおらず、私は独りで馬券術を習得しなければならなかった。人に訊くことができないので、それに関する多くの本を読んだ。三か月ほど学習して、東京競馬場にでかけた。パドックを凝視して、選んだ馬の単勝と複勝を買った。牝馬である。その馬が逃げ切って一着になった。ビギナーズラックではない。すでに述べたように、私はまえの年の有馬記念の馬券をはずしている。そのときのいやな気分を、ここでようやく払拭したのである。

――仇討ちを終えた。

そんな爽快感を得たが、さて、これからどうするか、と考えはじめた。これで競馬から離れるか、このままつづけるか、である。

私はどこにいても独りである。

「小説は、独りでやるものだ」

あるとき友人にそういわれた。そのとき、突き放された、とおもったが、あとになって、

——この道は、そういう道だ。

と、おもい定めた。川端康成は、

「小説家として立ちつづけることは、他人の無理解に耐えぬくことだ」

というようなことをいった。要するに、人は他人の小説を理解することができない。理解する、とは軽々しくつかうことばではなく、全的にわかる、ということで、そういうことができる人は世の中にひとりかふたりしかいない。となれば、小説家は作品を発表するたびに、無理解にさらされることになる。

私は競馬場にきて、人を観（み）るおもしろさを知った。

日曜日になると、私は上野へ行き、おもに東京国立博物館と国立西洋美術館にはいった。それから、たまに調布市の深大寺（じんだいじ）へ行き、近くの植物園にはいった。

深大寺はいつもにぎやかであったが、人のおもしろさを観るところではない。その点、競馬場内には独特の人間風景があった。私は馬をみるよりも、それらの人々をみることで、わずかではあるが心がやすらいだ。

ところで、新評社にかかわりのある印刷所のひとつが大興印刷であった。その会社の社長が大の競馬通であり、社員旅行先はかならず福島で、福島競馬場で社員とともに競馬を楽しんだあとに飯坂温泉に泊まる、という話をきいた。この社長はときどき新評社に顔をみせるが、あるとき、私をみて、

「あなたは競馬が好きだときいたが……」

と、いった。これがきっかけで、社長から昔の競馬についていろいろ教えてもらった。競馬場にはいるには正装しなければならなかったので、門のまえに、貸し衣装屋があったときかされて、おどろいた。

この社長と中山競馬場へ行った。途中、電車のなかで、

「この馬は、どうだろうか」

と、問われた。この二頭が一、二着するか、と訊かれた私は、きますよ、と答えた。多少の不安はあったが、ほかの馬の名を挙げる気にはならなかった。

「そうか」

と、いった社長は、場内にはいるまえに、私に一万円を渡して、とっておきたまえ、人からもらった金で馬券を買うとあたるものだ、といった。当時の一万円は大金であった。

社長が狙っていたレースの馬は、一、二着した。社長はすぐに、

「君のいった通りだった」

と、小さく笑った。三、四十倍ついた。社長は特券（千円券）で勝負したらしいので、三、四万円にはなった。私の手もとには二百円券しかなく、自分の気の小ささを嗤（わら）った。とはいえ、社長のいった通り、その金で、あたったのである。

その日のことは忘れようがない。

「競馬は、独りでやるものだ」

とは、いわれない世界である。競馬は、人とのつながりを拡げ、伸ばしてくれた。

おまけの記12　苦闘の時

p52

大学卒業とともに、豊島区高松町の近藤さん宅をでて、早稲田の鶴巻町へ移った。そこが厭きると荻窪の天沼へ引っ越した。

アパートから荻窪の駅まで十五分ほどかかった。むろん徒歩である。逆の方向へ歩いてみたところ阿佐ケ谷駅にでた。やはり十五分ほどかかった。

部屋の窓から中央線の電車がみえた。部屋の広さは六畳で、鶴巻町の部屋が三畳であったから、ずいぶん広く感じ、最初の一か月間は三畳分しかつかえず、残りの三畳をどのようにつかったらよいのかわからなかった。三畳慣れをした者のまごつきがそこにはあった。

荻窪が地下鉄丸ノ内線の始発駅になっていたので、私は阿佐ケ谷駅をつかわず荻窪駅をつかって銀座に通った。

雑誌の編集に慣れてくると仕事量がふえる。会社に午前十一時ごろにでて、アパートの一室にもどるのが午後十一時すぎになった。それからあわてて銭湯へゆき、原稿用紙のまえに坐るのが午前一時である。

――毎日かならず一枚は書く。

と、自分にいいきかせていたのだが、それをはたせなくなった。体力的な理由もあったのだが、立原正秋という小説家の知遇(ちぐう)を得たことが、かえって重荷になった。

――立原さんに妄(うそ)は通らない。

私は立原さんの洞察力のすごみを全身で感じていた。良い小説は良いといい、悪い小説は悪いという。それが立原さんである。そういう立原さんを真実の力で打つような小説を書きたいとおもえばおもうほど、筆が萎縮(いしゅく)した。

とうとう私は根本的にやりなおさないといけない、と考えるようになった。会社にフランス文学がわかる女性記者がいて、あるとき私がモーリス・ブランショのすばらしさを語ると、

「ブランショなんて、批評屋にすぎない」

と、一蹴（いっしゅう）した。その彼女に、

「私にはなにもない」

と、いうと、すぐさま、

「あなたには、美、があるじゃない」

と、彼女がはげましてくれた。これほどおどろいたことばはなかった。この実体のない、抽象的な、美、が、このさき私の文学的糧（かて）になろうか。

——美で立原さんを打てるのか。

むしろ美を捨てるところからはじめないと、立原さんにほんとうに認めてもらえないのではないか。立原さんの紹介で『朱羅（しゅら）』の同人となった私は、その同人誌を苦闘の場とした。

同人の合評会は東京でもおこなわれたが、やがて横浜の中華街に席が移り、私は東京を去ったあとも、その合評会にはかならず出席した。やがて同人の岡松和夫さんが芥川賞を受賞したことで、『朱羅』は終刊を迎えた。

おまけの記13　フランス語

たとえば、人から借りてきた物を、多くの人々のまえで、

「これは私の物です」

と、披露（ひろう）したとすれば、どうであろうか。さらにおなじことが、創作の世界でおこなわれたとすれば、どうであろうか。

私は二十六歳くらいから、ことばと文章における所有あるいは固有ということを真剣に考えはじめた。この考えをすすめてゆくと、日本語のすべてが借り物ということになり、このことばをつかって作った小説がことごとく借用品ということになる、とおもうようになった。自分固有の日本語などというものはどこにもない。それなのに、日本語で話し、日本語で書く。あつかましいにもほどがある

う。

　そう感じてしまったかぎり、無口にならざるをえなくなった。会社にいても私は極端に暗い人間になった。人との会話を避けるようになり、アパートに帰っても、小説を書けなくなった。やがて自分の苦しさにやりきれなくなった。そんなときに、

　――どうせ借りるなら、フランス語を借りてみようか。

　と、思いついて、ラジオのフランス語講座を聴いてみた。じつは私はフランス文学が好きなくせに、フランス語がだめで、大学ではみじめなおもいをした。一年生のときに、文法を教えられたが、頭にはいってこなかった。おなじ年に、ほかの先生からボードレールの『パリの憂愁』（抄）をテキストとして与えられた。教室でその一部を読んだ私は、

「君のようなひどい発音はきいたことがない」

　と、教授に罵辱（ばじょく）された。二年生ではモーパッサンの短編集を読まされたが、期末試験で不可（ふか）となり、三年生で単位をとりなおすことになった。

　そういういやな憶（おも）いが積み重なったフランス語であるが、いまや試験があるわ

けではなく、できないからといって人から侮蔑のまなざしをむけられることはない。そうおもってラジオを聴いた。テキストなしで、聴きつづけた。翌月、はじめてNHKのテキストを買い、ラジオの会話と解説を録音し、毎夜、ねむるまえに録音テープをまわし、ヘッドホンをつけたまま横になった。

——聴こえた通りに発音すればよい。

なにをいっているのか、わからなくても、かまわない。これはフランス語の全面借用にあたるが、それをつづけているうちに、やりきれなさが消えていった。フランスに生まれていない者が、フランス語をつかえば、借用したにきまっている。

「はい、私は、借りて話しています」

と、悪びれずにいえる。日本語をつかうときのようにおもい悩むことはなかった。

とにかく、これを二年ほどつづけると、心境に変化が生じた。私は外国へ行きたいといちどもおもったことがない男だが、フランスへ行ってフランス人と喋りあいたいとおもうようになった。私にとってフランス語は英語より聴きとりやすかった。二十八歳で結婚したが、その後も数年間ラジオを聴きつづけ、妻にもフランス語講座を聴くように勧めた。しかしながら英語塾を開くことになったため、私はふたたび英語にもどった。フランス語にくらべて英語は例外が多く、あらためてむずかしい言語だとおもった。

そういえば、早稲田に二年おくれてはいってきた高校の同級生がいた。かれは早稲田の入試に失敗したあと、外国語の試験科目をフランス語にかえたといった。賢いやり方である。日本人にとっては、フランス語のほうが習得しやすい。また発音に関しても、英語をカタカナになおして発音しても通じないが、フランス語はある程度通じる。ためしてみれば、すぐにわかる。

おまけの記14　アルトーの毒

p58

会社を辞めた理由のひとつが、歴史を学びたいということであった。しかしそれは歴史小説を書きたいということではなかった。実際、そのころすこしフランス語がわかるようになったので、原書を買い集めるようになり、理解しにくいフランスの作家の作品（翻訳本）を読むようになっていた。

神秘的象徴主義者であったユイスマンスの『さかしま』、シュルレアリスムのもとに幻想をひろげたマンディアルグの『大理石』『海の百合』『オートバイ』、またヌーヴォー・ロマンの旗手であったロブ＝グリエの『消しゴム』『覗く人』『嫉妬』などを、つぎつぎに読んだ。

そのころよりすこしまえのことであるとおもうが、私にはたいそう気になる作家がいた。その作家の名を知ったのは、『ジャック・リヴィエールとの往復書簡』という翻訳本によってである。

「アントナン・アルトー」

　これが、その作家の名である。

のちにはこの人が詩人で演劇家であるとわかるが、その本を読んだ私は、

――わからないといえば、この人ほどわからない人はいない。

と、痛感した。だからこの人の作品を避けるのではなく、より近づいておくにかぎる、とおもった。どれほどむずかしい作品もアルトーの作品ほどではない。いわば文学的抗体をつくり、免疫性を高めておくのは、いましかないとおもってアルトーの『冥府の臍』と『神経の秤』を読んだ。とりつく島もない、とは、この読書のことであろう。わかろうとおもって読みはじめると、すぐに絶望する。たとえば『神経の秤』のなかに、

　ぼくは魂の時計を作ることしかめざさなかった、調整に流産した苦悩を書き写しただけだった。（清水徹訳）

という文があるが、アルトーがそうおもい、そういうのだから、認めてあげよう、という気持ちで読まないとさきにすすめない。魂の時計を作る、とは、どういうことなのか、などと考えてはいけない。

私のそういう読書は、まったく意義のないことではなく、のちに心の安定をもたらした。アルトーの毒ほど強い毒をもった作品はなかった。

例の往復書簡を読んでから、四十四、五年が経ったいま、ふたたび『神経の秤』を、ノートをとりながら読んだが、ところどころ、

——これは、わかる。

と、感じるところがあり、おどろいた。まったくわからなかった作品が、すこしわかるようになったのである。アルトーの毒がうすまったのかもしれない。

おまけの記15　大うそつき

雑誌記者は多くの人に会うが、ほとんど目上の人であり、結婚相手を捜すに不適切な職業である、と二十代前半の私はおもっていた。二十代後半にはいると、そのおもいはますます強くなり、会社を辞めたあと、

――もう結婚はむりだ。

と、観念した。

立原正秋さんのはからいで『早稲田文学』に「天の華園」を載せてもらったあと、多くの人に称められた。『新評』の編集長の吉岡達夫さんは、

「君は女を描けるのか。いま女を描けるのは、三島由紀夫くらいしかいない。君は作家としてやってゆけるかもしれない」

と、いい、編集次長は、

「宮ちゃんは、もうすぐ芥川賞をとれるよ」

と、甘く観測した。

――二十七歳までに、芥川賞をとりたい。

なぜかそうおもっていた私は、まえに述べたように、つちかってきた文体をなげうち、日本語の使用について自問自答をくりかえすだけになったので、二十七歳を暗い気持ちで迎えた。この歳に、作家として立っていれば、結婚相手もみつけられそうだが、これから無名の作家のまま、多くのことを学び、文学的処断をひとつひとつおこなってゆかねばならないとなれば、苦労が多すぎる。その苦労を分担するだけの女性がいるとは、とてもおもわれなかった。

しかしながら、

――結婚しないで、小説を書けるのだろうか。

という疑念もあった。

地に足がついた形の生活の基本形は、夫婦生活にある。そこを知らないと、小説に真の生活感がなく、浮遊（ふゆう）したものになってしまう。そういう恐れをいだいたまま、このさき生きてゆくのは、つらい。しかし結婚して伴侶を不幸にするのはもっとつらい。そう考えていた私は、新評社から仕事をもらったので、旧職場に出入りするうちに、顔なじみの人に、

「私は、一生、結婚しない」

と、語げた。これは十二月のことで、それからおよそ二か月後に、郷里で見合いをして、本多聖枝と婚約をした。ふたたび新評社へ行き、その人に、

「結婚することになった」

と、いうと、

「大うそつき」

と、笑いながらののしられた。

新評社の仕事が終わっていなかったので、結婚後も天沼の部屋を借りつづけた。その仕事が完了したあとも、部屋の借り賃を現金書留で送りつづけた。そのことが妻にはいぶかしかったらしいが、私はあえて説明を避けた。東京に未練があったといってもよいが、そこが私たち夫婦の避難場所になりうるかもしれないという予感があったためでもある。この予感が消えて、はじめて部屋を引き払うこと

にした。妻を東京につれてゆき、天沼の部屋をみせた。

「なるほどね、私にみせたくなかったわけがわかったわ」

と、妻は部屋のなかのあまりの乱雑さにあきれていた。私がなにもいわなくても、部屋がいいわけをしてくれた。

おまけの記16　フォト・コンテスト

写真とは記録であり、芸術ではあるまい。

そう考えていたときがあった。ただし良い写真とさほどでもない写真があることはわかっていた。良い小説とさほどでもない小説を峻別（しゅんべつ）する目はもっているつもりであったが、それが写真となると、自信はなく、あえていえば関心もなかった。

新聞でもカメラ誌でも、フォト・コンテストがあり、それの第一位になった写真をみても、

——この程度か。

と、冷ややかにみくだす感覚しか私にはなかった。

ところが突然、写真に関心をむけるようになった。このあたりの心境の変化をくどくどと説明するのはわずらわしい。とにかくカメラを手にして、フォト・コンテストに挑んでみたくなった。当時、ニコン、キヤノン、ミノルタなど、日本のカメラのほかに、ライカ、コンタックスなど外国の機種もあり、カメラのちがいが写真のちがいになるのは、おかしなことだ、とまずおもった。

が、この世界にはいってゆくと、ニコンで撮った写真とキヤノンで撮った写真にちがいがあることは、おのずとわかるようになる。さらに、使用されるフィルムが、コダックかフジかによって、またちがいが生じる。そういうちがいが重なりあって、差異(さい)化が生じ、おなじ物、おなじ人を撮っても、撮影者によって特化された写真になるのである。

私がもっともおどろいたのは、レンズの良否である。コンテストの入選作品をすみずみまでみるようになった私は、

「良い色がでている」

と、感心する写真が、きまってプラナーというレンズで撮られていることに気づいた。レンズにこれほどのちがいがあるのか、と衝撃をうけた私は、プラナー

のレンズが欲しくてたまらなくなり、その高価な85ミリレンズをようやく入手したときは嬉しかった。85ミリというレンズはポートレートに使う。つまり人を歪ませることなく撮るためには最適なレンズである。しかも爽やかな色気がある。レンズに色気がある、といういいかたは、わかりにくいかもしれないが、それは私の実感で、のちに買ったニコンのレンズでも、色気のあるものとないものがあった。それは、レンズを買うときには、わからない。写真をみてはじめてわかる。

私はフォト・コンテストに応募しつづけて、よかったとおもっている。容赦なく落とされ、入選どころか、一次の予選さえ通過できない現実に直面して、むざんに鼻を折られたのが、

「表現」

をつきつめて考えるきっかけになった。

写真が芸術作品であるとすれば、私は応募することで、会ったこともない他人に作品の良否を問うたことになる。じつは文学作品をそういうかたちで提示したことはなく、写真をやって、度胸がついたのである。

おまけの記17　神戸行き

あるころより、私はフォト・コンテストで得た賞金を溜（た）めるようになった。むろん、ある物を買うためである。

私は写真から離れ、創作の道にもどる準備をはじめていた。そのきっかけになったのが、中国の古典であり、漢字であった。

川端康成は、漢字をつかわず、すべてをひらがなで小説を書いたらどうか、ということをいったことがある。漢字が常套句（じょうとうく）を形成して文学を硬直化させ、小説に新味をもたらさないことへの警鐘を鳴らしたのである。

――それも一理ある。

と、私はおもったものの、全面的に賛同する気にはなれなかった。漢字をつか

う良さが小説にはある。ただし私は独特な漢字のつかいかたができず、昔の小説家の作品を読んでは、巧(うま)く漢字をつかうものだ、とため息をついていた。他人の小説はさておき、自分の小説では、どういうときに、どういう漢字をつかったらよいのか、その正確な用法についてわからないことが多かった。語源について書かれた本を読んでも、

――そうだろうか。

という疑念が消えなかった。そういう状態で中国の古典の世界にはいっていった。やがてその道は中国の古代史のほうにむかった。白川静博士の著作に出会ったのは、そういうときである。

豁然(かつぜん)とした、とは、それをいうのであろう。

――この人の語源説が正しい。

直観である。

さきに借り物をいやがった話を書いたが、ここで白川静説を借りるのはいやではなかった。この説を借りることによって、自分を苦しめてきた多くの借り物を放擲(ほうてき)できたからである。博士の著作を読むことによって、中国の古代史が新生面

にみえてきた。ここまで人と物がはっきりみえて、はつらつと想像が湧きつづけたことは、かつてなかったので、

——たれも書かなかった時代と人物を、小説に書けるかもしれない。

と、おもいはじめた。が、博士の著作のなかで、どうしても読んでおかねばならず、しかし入手しにくいものがあった。それが、白鶴美術館が発行している『金文通釈』であった。それを買うために貯金した。

——これくらい溜まれば、いいだろう。

と、感じた私は、意中を妻にうちあけた。

「白鶴って、あのお酒の——」

妻はおどろくどころか、おもしろがってさっそく地図を拡げて、その美術館の所在をたしかめた。神戸市の東灘区をみて、

「阪急の御影駅からゆくのが、もっとも近いかしら」

と、いい、さっそく予定を立てた。

私は妻とともに白鶴美術館へ行き、館誌である『金文通釈』を買った。すべての号がそろっていたわけではないが、それでもよかった。これを読んでおかない

と、小説にとりかかれないとおもっていただけに、私はようやく腰をすえて小説の構想にはいった。

ところで、のちに私は博士にお目にかかることができた。そのとき、白鶴美術館まで『金文通釈』を買いにいった話をすると、博士はやさしい目をなさって、

「いってくれれば、差し上げたのに」

と、おっしゃった。

おまけの記18　商王朝

中国の古代王朝は、夏、殷、周とつづく。

一般的な知識しかないころは、それでよかったが、古代史に踏み込んでみると、中国歴史の原点が殷にあることがわかった。しかも殷は後世の呼称で、当時、生きていた人々が殷とは呼ばず、

「商」

と、呼んでいたことがわかっただけでも、衝撃をうけた。ちなみに殷は、さかん、と訓み、吉い意味をもっているようにみえるが、白川静説はそれを否定し、

「妊娠している人を殴つ形」

と、している。また商を殷と呼んだのは、商を倒して王朝を建てた周の人々で

あり、一種の蔑称である、と断定している。いつの世も勝者は敗者を侮蔑する。それは名称の変更にもあらわれる。

私は中国の歴史小説を書いてゆきたくなったので、やはりその原点を商の時代に定めた。

——ここから発するのが、むりがない。

それについては迷いがなかった。が、『史記』と『書経』、それに『竹書紀年』をあわせて読んでみても、わからないことが山ほどあり、助けを求めるつもりで貝塚茂樹氏の著作集をすべて読み、ついで白川静著の『甲骨文の世界』『金文の世界』などを読んでゆくうちに、中国で発行された董作賓の『殷暦譜』と陳夢家の『殷虚卜辞綜述』を読みたくてたまらなくなり、入手できない、といわれるのを承知で、神田神保町の内山書店に注文をだした。

陳夢家の著作はともかく、『殷暦譜』は一九四五年に董作賓自身の手で二百部がだされたという伝説の書物で、むろんそのときの原本が欲しいわけではなく、複印本がでたらしいので、それを読みたかった。

ほかに読んでおかなければならぬのは、『逸周書』『帝王世紀』『世本』など、つぎつぎにあったが、なにしろ地方都市にいては、入手がむずかしかった。そういう半可通（はんかつう）の状態でも、できるかぎりの手をつくして、知識をたくわえようとし、小説を書く方向に歩みをすすめた。

そういう模索（もさく）はあるところまできて、大きな壁にぶつかった。

史料にあらわれる地名が現代地図のどこにあたるのかわからないこと、また、商王朝が周によって倒された正確な年がわからないこと、その二点が大問題であった。

ちなみに、いま、商が滅んで周となった年は、紀元前一〇四六年であるという説が有力で、それに関するやかましさは終熄しつつある。しかし私が古代史を独（ひと）りで学んでいるころは、諸説あって、その最重要な年は定まらず、学者によっては百年も差があった。それでも私は年表を作ってみて、自分を納得させようとした。が、地図だけは、どうにもならなかった。そこで、妻に、

「日帰りで、東京へ往かせてくれないか」

と、たのんだ。妻のゆるしを得た私は、独りで東京へ往き、神田の神保町を歩いた。三省堂（さんせいどう）の二階に喫茶室があり、歩き疲れた私はそこから通りをぼんやりな

がめた。やがてそこをでて、すこし歩き、内山書店にはいった。ほどなく私の目は釘づけとなった。郭沫若主編の古代地図があるではないか。ふるえる手でその地図をとり、めくってみた。

――商の遷都が、すべてわかる。

喜びが大きすぎて、その地図を買ったあとに、どのように東京駅まで行ったのか、まったく憶えがない。ただ復りの新幹線の車内で、

「これで、小説が書ける」

と、肩と足をゆすりながらつぶやきつづけたことだけは、いまだに鮮明である。

なお内山書店に注文した『殷暦譜』の複印本は、『王家の風日』と『天空の舟』を書き終えたあとに、送られてきた。

おまけの記19　最初の歴史小説

p77

いま憶（おも）うと、商（しょう）（殷（いん））王朝について独（ひと）りで学んでいるときが、もっとも楽しかった。

司馬遷の『史記』によると、商王朝がかたむきはじめるのは帝武乙（ぶいつ）からである。この帝王は政治をかえりみず、人形をつくってそれを天神（てんじん）と呼び、それと博奕（ばくち）をした。天神に勝つと、侮辱して喜んだ。また革（かわ）の袋をつくってそのなかに血をいれて、高いところにつるし、弓で射た。われは天を射ているのだ、と帝武乙はいった。かれは河水（かすい）（黄河）と渭水（いすい）のあいだで狩りをおこない、突然の雷にうたれて死んだ。

この帝武乙のあとが帝太丁（たいてい）、そのあとが帝乙（いつ）、帝乙のあとが帝辛（しん）で、かれこそ、商王朝さいごの帝王の紂王である。

帝武乙の無道ぶりに話をもどす。

私はその脈絡のない話さえ、おもしろく感じた。

じつは帝辛・紂王の庶兄である微子は、商王朝が滅んだあと、周の武王に降伏し、ゆるされた。武王の子の成王のときに、微子は国を建てた。それが宋という国である。

この国は周の時代に永々とつづき、ついに戦国時代になって滅亡する。そのさいごの王を、偃、というが、かれは韋の袋に血をいれて、高いところにかけて、弓矢で射た。われは天を射ているのだ、と偃はいった。酒と婦人に淫して、群臣のなかに諫める者があれば、すぐに射殺した。

すなわち王偃は先祖の帝武乙とおなじことをしたのであるが、これはなにを意味しているのであろうか。ちなみに『竹書紀年』にはそのような帝武乙の乱行は記されていない。ただし河水と渭水のあいだで狩りをしているさなかに震死したことは事実らしい。

なお、神という文字にふくまれている申が、電光の走る形であることを知れば、さきの天神がそこはかとなく意味を厚くしてくる。

おもしろくてたまらないといったのは、一種の謎解きをやらなくてはならないことがあるためで、帝武乙が河水と渭水のあいだで狩りをした、というのも謎である、と気づかなければならない。なぜなら、商の首都は渭水が河水に合流する地点よりはるか東で、もしも帝武乙がそんなところにいたとすれば、これは遊行ではなく、兵を率いて西進した大遠征である。

この帝武乙の時代に、周の族の長である古公亶父が本拠を遷して、渭水の北の岐山の麓に定住した。ここから周の隆盛がはじまり、古公亶父の末子の季歴が周の君主となると、その武徳はますます巨きくなった。そのことと帝武乙の大遠征は、無関係ではないのではないか。

小説を書きはじめるまえの私は、毎日、そんなことを考え、このおもしろさを多くの人々に知ってもらいたかった。だが、帝武乙、古公亶父、季歴などの名を、たれが知っているであろうか。かれらが小説のなかでこれほど活躍しても、中国の古代史に無関心な人々に白眼視されるだけである。そう想うと、気持ちが萎えた。それでも、自分がほんとうにおもしろいとおもっているかぎり、この気持ちは、小説を通して、人につたわるはずだ、と信じて、ついに原稿用紙にむかった。

おまけの記20　直木賞のまえ

現代小説と歴史小説の書きかたに、ちがいがあるのか、と問われれば、あるといえばある、ないといえばない、と答えるしかない。

イギリスの小説家のサマセット・モームは、どんなに古いことを書いても、現代が表れるものだ、といったが、なるほどそうである。私が十代のころには、戦国時代の英雄といえば、豊臣秀吉と徳川家康であり、織田信長に注目する人はすくなかった。また幕末の傑人といえば、西郷隆盛と近藤勇であり、坂本竜馬（りょうま）や土方歳三（ひじかたとしぞう）などは、わき役にすぎなかった。また竜馬はリュウマと訓（よ）まれていた。多くの人々は司馬遼太郎さんの小説を読んで、

「へえ、リョウマというのか」

と、認識をあらためたにちがいない。

瑣末なことをいうようだが、竜という文字を、リョウと発音するのは漢音で、リュウは慣用音である。漢音は唐の時代に長安を中心とする地で用いられた発音が輸入されたもので、標準的な発音である。竜馬の馬の発音が、マ、となるのは、じつは唐音で、それは宋の時代以降の発音を総称してそういう。つまり竜馬を漢音だけで発音すれば、リョウバ、であり、リョウマという発音は少々ねじれがある。しかし日本語はそういうねじれを正当化して成り立っている。

私が中国の古代を土壌として、その上に人を立たせたとき、さまざまな難問の矢面に立たされた。

ふたたび竜を引き合いにだすが、古代には竜を養う家があり、それを豢竜家という。さて、それをどう発音して、読者に示せばよいか。豢は、やしなうことで、カンと発音すれば漢音になるが、ケンという慣用音もある。また竜を養っているのに、この文字を、リョウと発音して日本人にわかるのか。こういうこまかな疑問が無数に生じ、そのつど、断定してゆかなければ、小説の世界が展開してゆかない。

むろんそのころの私は専業作家ではないので、小説を書く時間は限られており、それでも、

——毎日、原稿用紙一枚は書こう。

と、決めて、書きつづけた。書き終えた小説は六百六十枚ほどになった。ということは、二年はかかったことになろう。けっきょくこの原稿は東京をさまよったあとに、手もとにもどった。たれの関心も惹かなかった作品をあわれんで、自費出版に踏み切った。なるべく金をかけないために、妻に校正をやってもらった。中国歴史にまったくくわしくなかった妻だが、私の原稿に関しては、独特の勘をもっているらしく、誤字や脱字それに表現の不備などを指摘して、私をおどろかした。以来、妻は私の作品の校正をつづけ、今日に到っている。

本はできた。五百部である。

が、この本は大半が贈呈として消えた。東京の知人が奔走してくれて、

「講談社の人が読みたいといっている」

と、いってきたので、五、六冊を講談社に運んでもらった。すでにつぎの小説を書いていたので、講談社から打診があったら、つぎの小説も講談社におくろう、

という心がまえでいた。だが、ついに電話は鳴らず、
——この本はひとりの編集者の心も打たなかった。
というむざんな現実にさらされた。

ところがそれからおよそ二年後に、東京の出版社のなかで最初に弊宅を訪ねてくれたのは、講談社の川端幹三さんであったので、講談社との縁を感じた。私は最初の歴史小説を読んでくれたひとりが川端さんであったのでは、とおもったが、川端さんはその小説についてはまったく知らないようであった。かれは私が三作目となる小説を書いていることを知り、

「その小説を、うちにくれませんか」

と、いった。が、その小説は、名古屋の海越出版社のために書きはじめたものなので、このすじは通したいと強くおもって、ことわらざるをえなかった。しかし、そういってくれたことは嬉しく、なんらかのかたちで酬いたかった。まさか、その三作目の小説が直木賞を受賞するとは、夢にも想わなかった。

おまけの記21　名古屋転居

p84

二十代のなかばまで、意識しすぎるほど意識していた芥川賞は、三十代になると、

――もう手がとどかない。

と、感じるようになった。四十代になると、生きるのがせいいっぱいで、芥川賞だけではなく、すべての文学賞が遠い存在となり、完全に脳裡(のうり)から消えた。

講談社の川端幹三さんの来訪があってから数か月後に、文藝春秋のかたがたが蒲郡(がまごおり)にこられた。そのなかのひとりが萬玉(まんぎょく)邦夫さんであった。かれは背の高い、もの静かな人物で、あえていえばおのれのなかにある鋭敏さをおさえ、鈍(にぶ)くみせて、韜晦(とうかい)していた。同行の明円(みょうえん)一郎さんが、

「めったに称めない萬玉が、あなたの作品を誉めたのです」

と、おしえてくれた。

萬玉さんがきわめて厳しい批評眼をもっているらしいことは、それだけでもわかったが、かれはけっして強面ではなく、口調もゆるやかであった。かれが絵画に精通し、造本においても非凡な才を発揮する人であることをのちに知ったが、とにかくその日は、萬玉さんからさほど強烈な印象をうけなかった。

会談が終わったあと、かれらを案内してきた海越出版社の社長は、私の腕に軽くふれて、

「もしかすると、『天空の舟』は、直木賞候補になるかもしれませんよ」

と、ささやいた。

――直木賞……。

そういえば、そんな賞があった、というのが私の実感であった。若いころの私は芥川賞だけをみていた。視界のかたすみにあったのが直木賞である。しかし四十歳のなかばの私としては、もう文学賞はどうでもよかった。講談社へはどういう作品を書くか、あらたに文藝春秋へはなにを書いたらよいか。そんなことばか

りを考えていた私は、直木賞の話が創作活動における前途の見通しを悪くするだけなので、冷淡な返辞をした。その時点で、三作目となる『夏姫春秋』は、海越出版社に原稿を渡してある。さらに講談社に送ることになっている『重耳』を書きはじめていた。が、文藝春秋へは、

——春秋時代の晋の国のたれかを書きたい。

と、考えはじめると、塾をやりながらではとても執筆時間が足りないので、塾を閉じることにした。妻も生徒をもっていたので、すぐにやめるわけにはいかなかったが、こういうかたちで塾を閉じることに、ほっとしたようであった。

すぐに喧騒がやってきた。『天空の舟』が直木賞候補になったためである。翌年の一月の選考日には、塾の教室は取材の人でいっぱいになった。こういう騒ぎに執筆がさまたげられることを恐れていたが、その通りになったので、

——わずらわしいことだ。

と、内心、不機嫌になったが、受賞すればここにいる全員が喜んでくれるのか、とおもうと複雑な心境になった。

落選がつたえられると、汐が引くように人は去った。それをみた私は、

――仕事に集中したい。

と、強く意(おも)い、名古屋へ引っ越したいが、どうか、と妻に相談した。妻もおなじようなことを考えていたようで、塾の始末をつけると、単身、名古屋へ往って借家を捜し、ついに広見町(ひろみ)（昭和区）に転居先をみつけてきた。あわただしい引っ越しになった。

引っ越したその日に、風呂がこわれていてつかえず、すこしはなれているところに銭湯があることがわかったので、タクシーでそこへ行った。ところが銭湯からでてきたあと、なかなかタクシーを拾えず、寒風にさらされてすっかり湯冷(ゆざ)めをしてしまった。

「これが世間の風の冷たさか、とおもったわ」

と、いまだに妻はくりかえしいうが、同感である。

しかし広見町のその借家で、夏の直木賞を受賞することになるので、凶(わる)い家ではなかった。

おまけの記22　孟嘗君と酷暑

p88

いまだに、

「春秋戦国時代とは、どういう時代ですか」

という質問をうける。

——人に問わず、自分で調べれば、すぐにわかることだ。

とは、おもうが、冷ややかに突き放すわけにもゆかない。というのも、春秋と戦国は王朝名ではないからである。まえに書いた夏、商（殷）、周は王朝名であるのに、辞書などに付けられている年表をみると、紀元前七七〇年から春秋時代となり、紀元前四〇三年から戦国時代となっている。ちなみに広辞苑もその紀元前四〇三年からを戦国時代としている。

　ところが中国で発行されている年表をみると、春秋時代は紀元前七七〇年から前四七六年までで、戦国時代は紀元前四七五年から前二二一年までである。そもそも春秋という名称は、魯の国で生まれた孔子が自国の年表記をもとに、私的に作った年表のことである。その年表は紀元前七二二年からはじまり、前四七九年（孔子が死去した年）で終わっているので、厳正にいえば、それが春秋時代である。さらにいえば、周は首都を西から東へ遷しただけで、王朝が存続していたので、あいかわらず周の時代なのである。ただしその遷都を歴史的な大事件とみて、東の成周において平王が周王の位に即いた年、すなわち紀元前七七〇年からを東周王朝と呼び、それ以前を西周王朝と呼ぶようになった。

　つまり東周王朝期のなかに春秋時代と戦国時代がある。

　正確には紀元前七二二年からはじまっていなければならない春秋時代を四十八年もはやめて前七七〇年からとしたのは、一種の便宜にすぎない。それゆえ、戦国時代のはじまりにちがいがあるのも、やはり便宜のちがいである。私個人としては、ほんとうの春秋時代の終わりに近いところから戦国時代がはじまるべきだと考えたので、紀元前四七五年説を採用している。その年は、周の元王元年にあたるので、区切りとしてはちょうどよい。

さて、私は小説のためにつかいやすい年表を自分で作ることにしているが、春秋時代に関してはさほど困惑することなくその作業を終えた。ところが、孟嘗君を書くために、どうしても戦国時代の年表が必要になった。そこで『史記』のなかにある記事をもとに年表を作っていったところ、途中で年次が合わなくなった。『史記』のなかに撞着(どうちゃく)があるためである。

——戦国時代はむずかしい。

おそらく司馬遷もそういったであろう。

しかしこのむずかしい時代を自分なりに整理しないと、人が事象とともに寝てしまい、起き上がってこない。『史記』を補足する史料としては『戦国策(せんごくさく)』があり、このなかにある政治と軍事に関する具象がどれほど奇抜でおもしろくても、それがいつのことなのかわからなくては、活用のしようがない。私はいちど『戦国策』をすべてコピーして、ばらばらにし、年表に貼りつけるということをした。妻に手伝ってもらって、その作業を終了すると、ようやく戦国時代がみえてきた。むろん年表は不完全であったが、調整をくりかえした。すなわち『孟嘗君』という小説を書きはじめるまえに二、三年の準備期間を要した。思想的に縛られない時代で、人の行動ものびやかである。戦国時代は春秋時代とちがって開放的である。私はこののびやかさを最大限に発揮した小説を書きたくなり、はじめてストーリーを意識した。史実からはなれないことを前提にしつつも、人と人のかかわりあいに明るい浪漫をふくませた。この小説は、私にとって最初の新聞連載であったが、毎日書くことは苦痛ではなく、むしろ書きやすかった。なんと二年半も連載してしまったのである。

執筆中の記憶として、どうしても消すことができないのは、名古屋の異常な暑さである。酷暑の年があり、夜になっても三七、八度という日がつづいた。さすがにそのときだけは、朝から夜まで、さっぱり文章が浮かんでこなかった。

「孟嘗君が五月生まれだからよ」

と、妻はこの猛暑を孟嘗君のせいにした。たしかに五月は古代の中華では盛夏にあたる。のちに私はＮＨＫのテレビで戦国時代と孟嘗君について語り、テキストとして書いた文を中公新書（『孟嘗君と戦国時代』）におさめたが、その年も異様に暑かった。こうなると、妻の言は重みを増さざるをえない。

おまけの記23　司馬さんとユーモア

p91

京都の北区鷹峯（たかがみね）に、本阿弥光悦（ほんあみこうえつ）ゆかりの光悦寺がある。

この寺の山門は道路より低いので、石段をおりてゆくことになる。この広くない石段の左右に萩（はぎ）がつづいていて、参詣者（さんけい）のからだにあたる。私が行ったときに、萩は花をつけていなかったが、それでも、

——風情がある。

と、この寺に雅趣（がしゅ）を感じた。

つぎに想（おも）ったことは、月の夜に萩の花を揺（ゆ）らして白面の美剣士がこの石段をかけおりてゆく。その背後に黒装束の一団が白刃をきらめかせて走り、白刃にふれた萩の花が浮きあがって散る、そういう光景である。すぐにそう想ったというこ

とは、

――私は柴田錬三郎の小説が好きなのだな。

という自覚でもあった。

文章に綾を織り込む直截的な方法は、対照を明示することである。白面の美剣士が黒装束の一団と接する直前に、萩の花の色を置く。こういう配色は柴田錬三郎の小説によくみかけるものであるが、じつはかれの特技ではない。たとえば川端康成の『伊豆の踊子』の冒頭文をみるとよい。つづら折りの道があり、その左右は杉の密林である。このジグザグと直線に、ななめに雨の線がくわえられる。その雨は白く、杉は緑である。それらの線と色が交わるところに、学生の私（作者）がいる。

――文章の美しさとは、そういうものだ。

と、おもっていた二十代の私は、当時、新進の時代小説家であった司馬遼太郎さんの小説を、わずかに読み、すぐに棄てた。

――この作家の文章は美しくない。

まず小説に色を感じなかった。また明暗にとぼしかった。それゆえ、この先もこの作家の小説を読むことはあるまい、とおもった。

　それから十年も経っていなかったとおもうが、ふたたび司馬さんの小説を手にした。文章についての考え方を変えていた私は、そこにある精神の躍動とユーモアに魅了された。司馬さんの筆名は、司馬遷の氏からとられたのであろうが、司馬遷の記述にもブラック・ユーモアがある。ユーモアを書ける人は、客観と主観を一瞬に凝縮できる人で、じつは私の師である小沼丹先生の作品にもユーモアがある。ユーモアは上質な知である、といいかえてもよい。

　急にここで、憶いだしたことがある。高校生の私は、国語の先生にこう教えられた。

「これが小説の玄妙さというものです」

　これが、というのは、夏目漱石の『草枕』にある一文である。

　たしか円覚寺の塔中であったらう、矢張りこんな風に石段をのそり〳〵と登つて行くと、門内から、黄な法衣を着た、頭の鉢の開いた坊主が出て来た。余は上る、坊主は下る。すれ違つた時、坊主が鋭どい声で何処へ御出なさると問ふた。

余は只境内を拝見にと答へて、同時に足を停めたら、坊主は直ちに、何もありませんぞと言ひ捨て、、すた〳〵下りて行つた。

高校生であっても、そこにあるおもしろさは、すぐに感じとった。おそらく小説の極意はそこにあるのだろう。私はその一文にある玄妙さを教えてくれたその先生にいまだに感謝している。高校生あいてでも真摯に説いてくれたからである。司馬さんも仏教に精通している。仏教が中国にはいったころ、この外来の宗教にとまどった人々は、

「老子の思想に似ている」

と、教えられた。司馬さんもおそらく老荘思想を好み、儒教を遠ざけたのではないか。儒教の祖である孔子はユーモアのない人ではなかったが、のちの儒教の書にユーモアを求めても、『孟子』をのぞいて、皆無に比い。仏教と老荘思想のほうが、知の質は上である、とみるのが小説家というものであろう。

おまけの記24　修史について

p94

大学生のころに、長野出身の友人が、

「武田信玄が天下を取ればよかった」

と、いったので、奇異（きい）に感じた。長野県すなわち戦国時代の信濃（しなの）の主（あるじ）は、武田氏ではなく諏訪（すわ）氏あるいは小笠原（おがさわら）氏であったのに、なぜ征服者をたたえるのか。

——やはり強いということには、魅力があるのだろうか。

たしかに私が生まれた三河からは天下人となった徳川家康がでた。が、家康は岡崎の人で蒲郡（がまごおり）の人ではない。あるいは、西三河の人で東三河の人ではない、といいかえてもよい。おなじ三河といっても、気質がちがう。そういう目で、戦国時代の東三河を観（み）たとき、

——野田の菅沼定盈は私ごのみの英傑だ。

と、大学生の私は感じていた。かれは信玄、謙信、信長のように強い人ではなかったが、負けなかった人であり、たぶん私はそういう型の人に惹かれる性向をもっている。

ただし、菅沼定盈への若い意いを五十代までひきずって、なおかつその人を小説に書くことになろうとは、ほんとうにおもわなかった。

定盈ゆかりの野田城址は新城市にあり、蒲郡にいるころに、いちど妻とともに観に行った。蒲郡から新城は行きやすいとはいえない。ところが私は名古屋に転居し、さらに引佐郡（現・浜松市）三ケ日町へ移った。なんとこの町は新城と境を接しており、山を越えれば、すぐに野田城址に着く。つまり愛知県から静岡県へ移ったほうが、野田城址に近くなったのである。さらにわが家からさほど遠くないところに、三方ヶ原古戦場跡がある。こうなると、三方ヶ原で家康の軍を撃破した信玄の軍が、引佐郡を通って、定盈の野田城へむかったという想像の目がいやでも開く。

——定盈を書け、といわれているのか。

そう感じてしまった以上、そのための準備をしなければならなくなった。

戦国期と江戸初期に関する史料を集めはじめたところ、すぐに書庫がいっぱいになった。やむなく、あらたに書庫を建てるために、近くの土地を買った。建ったあとの書庫をながめた妻は、

「自宅よりこれのほうが高くなるなんて……」

と、予想をうわまわる巨きな出費を嘆いた。当然、さらに史料集めがつづいたのであるから、

――日本史に手をだすと、こうなるのか。

と、私も愕然としたが、ここまでくるとあとにはひけないと肚をすえて、小説にとりかかった。しかし、集めた史料を読みながら、

――日本人の修史はずさんだ。

と、くやしさをおぼえた。司馬遷の『史記』は、紀元前に書かれたのである。ところが、日本では、室町時代の後期の歴史でさえ不明なところが多い。信長が室町時代を終わらせたのであれば、

「なぜ、足利氏が興り、滅んだのか。それを記すべし」

と、博学の僧侶か学者に命じなければならない。信長がそういう歴史編纂事業を興すゆとりをもっていなかったのであれば、天下統一をはたした秀吉がおこなうべきであった。幕府の興亡の原理を後世の人々に示すことが、国家の宝になるのである。それを為政者がおこなわなかったので、その時代の貴重な史料が失われ、江戸時代になってから書かれたいかがわしい史料もつかわなければ、戦国時代がみえないということになった。

これは笑いごとではない。現代で、あたりまえとおもわれていることも、百年後には、わからなくなったり、わかりにくくなってしまう。司馬遷のような天才が日本にも出現すると期待しないほうがよい。修史を個人にまかせるのは、無責任でありすぎる。

おまけの記25　光武帝のふしぎさ

p97

後漢の光武帝・劉秀は、日本にゆかりのある皇帝である。『後漢書』の「光武帝紀」の中元二年（五七年）の記事に、

――春正月（中略）、東夷の倭の奴国の王、使いを遣わして奉献す。

と、ある。

倭王の卑弥呼が三国時代の魏の王に朝貢の使者を送った景初三年（二三九年）より、百八十二年もまえのことである。ただし『三国志』の「烏丸鮮卑東夷伝」では、卑弥呼の使者は景初二年（二三八年）に洛陽にはいったことになっているので、一年のずれが生ずる。

それはそれとして、倭王の使者を引見した光武帝は、翌月に崩御してしまう。

「年六十二」

と、『後漢書』にあるので、そのまま享年六十二と小説に書いたところ、校閲から、

「光武帝は建平元年（紀元前六年）十二月に生まれている。すると紀元後の五七年は、六十三歳にあたりませんか」

と、注意を喚起された。

日本もあるときから満年齢を表記するようになったが、私が若いころは、数え年、であった。生まれるとすぐに一歳になり、新年を迎えると二歳になる。誕生日が基準ではない。前漢と後漢の時代も、そういう年齢のかぞえかたである。すると光武帝は、紀元前に六歳、紀元後に五十七歳、あわせれば六十三歳という年齢をもったことになり、たしかに享年の六十二はおかしい。

「いや、それはあなたの数えかたがまちがっている」

と、専門家にいわれれば、訂正し、『後漢書』に従うつもりであるが、小説では光武帝の享年を六十三とした。

とにかく光武帝は、

――よく働いた人だ。

という強い印象が私にはある。

晩年になっても光武帝は早朝から政務をおこない、夕方からは三公九卿(けい)などに経典についての講義をし、夜半になって休むという激務ぶりであった。それを皇太子が心配し、

「どうか精神を頤愛(いあい)し、優游(ゆうゆう)して、みずから寧(やす)んでいただきたい」

と、諫(いさ)めた。

ちなみに頤は、したあご、のことであるが、やしなう、とも訓(よ)む。優游は、ゆったりするさまをいう。

すると光武帝は、

――我(われ)、みずからこれを楽しみ、疲れと為(な)さざるなり。

と、教えた。政務を楽しんでおこなっているので、疲れることはない。光武帝はこういう人である。みずから将卒を率いて戦場に立つことがなくなっても、王宮にいて遠方の将に与える指図は適切であった。光武帝は若いころに『尚書(しょうしょ)』（のちの『書経』）を学んだが、愛読書のなかに兵法書があったようではないのに、

兵法に精通していた。飢饉（ききん）のときにも、かれが育てた穀物だけは被害をうけなかった。さまざまなふしぎさをもっていた人である。

おまけの記26　うしろとまえ

p100

『読売新聞』文化部の佐藤憲一さんから、「時代の証言者」のためにロング・インタビューに応じてもらえないか、という打診があり、それをうけた時点から、私の回顧ははじまっていた。

じつは私はまえばかりをみて歩いてきた。すでに書いた自分の小説を読み返したことさえない。雑誌や新聞で連載した小説が、本となってでたとき、つぎに書くべき小説のことしか念頭にないので、その本が発売された直後に、内容について問われると困惑するのがつねである。

そういう心の癖をもった私が、しっかりと自分の過去のほうに心の目をむけたのは、これが最初であり、おそらく最後であろう。

――過去に、どんな新しさがあるのか。

最大の疑問はそれであった。

しかし実際に、紙面に記事が載ると、反響は大きく、いまだにその余韻がある。たしかに、あえて目をそむけてきたことがらも、この機に、佐藤さんに語った。その率直さが読者にうけた、ともおもわれないので、自分ではよくわからないというしかない。読者が感じとった新奇さの正体を、語った本人がもっとも知りようがない。とにかく佐藤さんが誠心誠意おこなってくれた仕事の形をこわしたくなかったので、記事にいっさい手をつけず、保存するような体裁で本にしてもらえるように、中央公論新社の田辺美奈さんに頼んだ。

ただし、自分の想念のなかでまわりつづけていて、他者へ口頭では渡しづらいことがらを、書きたすことにした。そういう作業をつづけてここまできたが、書きもらしたことがないか、いまいちどふりかえってみた。

すると、文藝春秋の萬玉邦夫さんを喪ったという、つらい事実がみえてきた。文藝春秋からでた私の本はすべて萬玉さんの手（というより審美眼）を経たもので、いよいよ『三国志』の発刊という直前に病歿した。病室でもその装幀のための工夫をつづけていたという。それゆえこの大部の本には、かれの遺志が籠められている。美術にくわしい人だが、あるとき、わが家にきて、妻が書いた楷書の「兵車行」（杜甫の詩）をみて、心を撼かされたらしく、以来、書に関心を寄せ、妻ともながながと語りあうようになった。妻にとっても萬玉さんの死は、痛恨事であったにちがいない。

鬼籍に入った人について、憶いだすといえば評論家の秋山駿さんである。銀座のあるところで、はじめて丸谷才一さんにおめにかかったとき、

「あっ、『重耳』の宮城谷さんか。あなたのあの小説を、ぼくの友だちが、生まれながらの古典だ、と称めていましたよ」

と、いわれた。その友だちというのが、秋山駿さんであった。

その後、『楽毅』がでてから、はじめて秋山さんと対談した。怖い人であることはわかっていたが、話すうちに、爽快感をおぼえた。たとえば秋山さんは、

「日本の小説で、いくさで勝った、勝った、と書くだけで、どのように勝ったのか、なんにも書いてないじゃないか。あんなのは、だめだよ」

と、うまそうにビールを飲みながら、辛口批評をつづけるのである。新庄嘉

章先生にあこがれて、早稲田の仏文科にはいったという話も、初耳であった。吉川英治の『宮本武蔵』を衆人が絶賛するなかで、

――あれは武蔵独得の剣ではない、柳生新陰流の剣にすぎない。

と、こきおろしたようだ。それからずいぶん歳月が経ち、

「いまでは許せるようになった」

と、けろりというところが、いかにも秋山さんらしかった。

その声、その表情が、すぐによみがえってくるのは、秋山駿という個性がきわだっていたせいである。わが家にきた秋山さんは、妻をとらえて、

「奥さん、この年に、なにかあったのか。作品のトーンが変わった」

と、質問をくりかえした。

――鋭い人だな。

私さえ自覚していないことに秋山さんは着眼していたのである。

こうしてふりかえってみると、書きつくすことはむずかしい、とわかった。またふりかえらなければならないときがくるかもしれないが、そろそろ、まえをむかせてもらうことにする。

第三章　書き下ろし特別エッセイ

作家生活三十周年に寄せて

「私見　孔子と『論語』」

私見　孔子と『論語』

予言する人

拙著の『孔丘(こうきゅう)』が文藝春秋より刊行されてから、二か月が経(た)った。

この小説に関しては、構想を立てては壊し、三十年ほどかかってあらたな意(い)匠(しょう)でようやく完結した。一巻本ではあるが、長い歳月をこめたという実感があるためか、多少の余韻(よいん)がある。いまだにときどき孔子と『論語』について考えるということである。ただしその考えについて書けば、とりとめもなく、際立(きわだ)つもののない雑感で終始しそうであるが、ご容赦(ようしゃ)ねがいたい。

あらためていうまでもないが、孔丘とは孔子の氏名で、孔子は、「孔先生」

と、いいかえることができる。子は、男子の尊称である。しかしながら、孔子が生きた春秋時代に、子が姓として用いられた国があるので注意を要する。殷の末裔の国がそれである。春秋時代を知るためにどうしても読んでおかなければならない書物に、『春秋左氏伝』（『左伝』ともいわれる）がある。その冒頭には、つぎのような一文がある。

恵公の元妃は孟子なり。孟子卒す。室に継ぐに聲子を以てす。

恵公というのは孔子が生まれた魯の国の昔の君主で、恵公が殷の後裔の国である宋の公女を娶って正夫人とした。それが孟子である。つまり孟は長女を表し、子は宋の公室の姓であるから、尊称ではない。その孟子が亡くなったので、孟子につきそってきた声（聲）子を継妻としたということである。おそらく声子は孟子の妹か従妹であろう。

子について話をつづけたい。

孔丘だけではなく、孔という氏をもつ人が先生であれば、すべて孔子なのである。ゆえに中国に孔子は何千人、いや何万人いたか、わからない。それほど多くいたにもかかわらず、古来、孔子といえば孔丘ひとりを指すようになった。日本でも、黄門さま、といえば、水戸光圀だけを指すようなものである。ちなみに中国では、黄門といえば宮城の門をいい、また宦官の別称でもあった。ところが日本では、それが中納言の別称となった。

それはそれとして、『論語』をひらけばすぐにわかるが、子、とあるのは孔子のことである。ところがつぎに有子がでてくる。この有子とは、孔子の門人で有若のことであり、有先生とよばれていたことは明白である。

有若は孔子より四十三歳下であった。その有若を先生とよぶ門人たちは、孔子より七、八十歳下ということになろう。

ついでにいえば、有若のほかに先生とよばれたのが、曾参である。この人も孔子より四十六歳下で、おどろくべきことに、その臨終のありさまが『論語』に描かれている。つまり曾参は有若とは別の一家を建てて門人を教育していたのである。

とにかく『論語』に、有子と曾子の名があるということは、のちの『論語』の編纂にそのふたつの学派が大きくかかわったと想像したくなるが、『論語』がどのような経緯で、いつ成立したかについては、専門家にまかせたい。

有若については、おもしろい逸話がある。

魯の哀公八年（前四八七年）に、中原進出に野望をもつ呉王夫差が、軍を北上させて、魯を攻めるということがあった。そのとき、呉軍を案内したのが、魯から亡命していた公山不狃（『論語』では公山不擾）である。かれはわざと道をまちがえて呉軍をまどわせたが、呉軍の進攻を止められなかった。国都を死守したい魯は、呉軍の本陣を急襲すべく決死隊を編制した。そのなかに有若がいた。

有若は孔子に容貌が肖ていた、といわれている。孔子の身長は九尺六寸（二メートル十六センチ）であったから、有若も九尺ほどの雄偉な体格をそなえていたのであろう。まさに勇士である。ただしこの年は、孔子が亡命の旅から帰国する三年まえにあたるので、有若は孔子の門人ではなかったとみるのが自然である。かれは帰国した孔子に就いて猛勉強したにちがいない。しかしながら、魯に帰着した孔子が、晩年になっても衰えない情熱をもって門弟に教えた期間は、六年間（前四八四年から前四七九年まで）しかなかった。その長いとはいえない歳月のあいだに、有若と曾参は高弟になったのであろうか。

孔子が亡くなったあとも、門弟たちは師を思慕した。さびしくてたまらないかれらは相談し、有若が師に肖ていることから、有若を師と仰ごうと決めた。この進言を容れた有若が師の席についたのである。

孔子は弟子のなかで、顔回を後継者にしたかったであろう。顔回は一をきいて十を知る。自分さえ顔回におよばない、とその天才ぶりを絶賛したことがある。ところが、あとをまかせたかった顔回が自分よりさきに死去してしまったため、落胆した孔子は、

――天は予を喪ぼした。

と、嘆いた。その後、孔子は後継者にはたれがふさわしいか、暗示もせずに亡くなってしまったので、門弟の総意で師を選んでもよかったのである。

ところがこの選出に不快をおぼえた門弟のひとりが、すすみでて、有若にむかって問うた。

「昔、夫子（孔先生）は、外出なさるときに、弟子に雨具をもたせました。はたして、その日、雨がふったのです。ふしぎにおもった弟子が夫子に問いました。

夫子はどうして雨がふるとお知りになったのですか、と。すると夫子は、『詩』（のちの『詩経』）には、月が畢星に近づくと大雨になるとある、昨夜、月が畢星とかさなったではないか、とお答えになりました。ところが後日、月が畢星とかさなったのに、雨はふらなかった。これが、ひとつ。まだあります。門弟の商瞿はいい年になっても子がいませんでした。かれの母が心配して側室を迎えようとしました。そのとき孔先生は、瞿は四十歳をすぎると五人の男子をもうける、とおっしゃいました。はたして、そうなったのです。いまひとつがそれです。では、あなたに問おう。夫子はどうしてそのふたつのことを予知なさったのか」

有若は黙然としたまま、答えることができなかった。

質問をおこなった門弟は、

「有子よ、そこをどきなさい。そこは、あなたの席ではない」

と、叱声を放った。

蒼然と席をおりた有若は、恥辱にまみれたにちがいないが、それでもくじけずに学問をつづけて、多くの弟子たちに尊敬されて有子とよばれるようになったのであろう。

有若のことは、さておいて、孔門の若い門弟たちは晩年の孔子をみて、

——なんでも知っている人だ。

と、驚嘆した。『論語』に、

我は生まれながらにしてこれを知る者に非ず。


という孔子の発言があるのは、門弟たちの驚嘆の声をきいたからである。生まれてすぐに物識りになったわけではない。孔子にそういわれた門弟たちは、そんなことくらいわかっているが、孔子の知識が過去だけでなく未来におよんでいることに、おどろかずにはいられなかった。

司馬遷の『史記』の「孔子世家」に、

「孔子は晩年に『易』を好んだ。（中略）『易』を熟読するあまり、竹簡を綴った韋の紐を三回も切った」

と、ある。『易』は、めどぎ（のちに竹）を使って占うときに用いる教則本であるとおもえばよい。つい本といったが、当時は紙がなく、竹簡や木簡に文字を

書き、それらの簡を つらねて巻とした。いま残っている『易』の解説文の「彖伝」「象伝」など十篇（十翼）は、すべて孔子によって書かれたといわれている。占いは、古例のつみかさねの上にあるといってよく、古いことを知らなければ、新しいことはわからない、ということである。

孔子は予言者という一面をもっていた。

時についての疑問

ところで『論語』のなかにある、子、はすべて孔子を指す、とまえに書いたものの、

――ほんとうにそうなのか。

と、疑ったことがあり、じつはいまもその疑いは消えていない。

そもそも冒頭にある有名すぎる一文が怪しい。

子曰く、学びて時に之を習う、亦説ばしからず乎。

この文を知ったのは、高校の漢文の教科書にあったからだが、漢文の先生がそのときどのような解釈をしたのかは、まったく憶えていない。その先生は道徳的な文を好んでいなかったようで、すぐに『史記』の「項羽本紀」の抜粋へ移ったような気がする。ただし当時の私は、中国史については無知同然で、孔子について知らないだけでなく、項羽と劉邦の時代についてもさっぱりわからず、このふたりは、いつ、なんのために争っているのだろう、と当惑しただけであった。

そういう私が、後年、最初に出した本が、『王家の風日』（自費出版）で、これは殷王朝末期、周王朝初期をあつかい、殷の最後の王である紂王（小説では受王）の叔父にあたる箕子を小説に書いたものである。

この小説を書くにあたって、はっきりとわかったことは、その時代の本物の史料は甲骨文字と金文しかない、ということであった。英文科出身の私は、失神しそうになった。亀甲に刻まれた文字と鐘鼎などに彫りつけられた文字を知るということは、アメリカから小舟に乗って中国へ渡ろうとするようなものである。外海へでたとたんに沈没するにきまっている。しかし途方にくれた私は、いかなる風濤をもしのいで航海できそうな大船をみつけた。白川静氏の著作群である。

私は喜々としてその大船に乗せてもらい、はるかかなたの大陸に渡った。

白川氏の著作のおかげで、古代文字の楽しさを知った。学問には苦痛がともなうものだが、これほど楽しい学問はなかった。この楽しさの延長として、夏、殷、西周の時代の小説をいくつか書いた。それから東周の時代へおりた。東周の前期が春秋時代、後期が戦国時代とよばれる。いうまでもなく孔子は春秋時代の人である。

私のなかに蓄積された古代文字の知識はたいしたものではないが、それでも、漢字をみる目がずいぶん変わった。そうなった目で、『論語』の冒頭の文をみて、すぐに、

――時に、とは、なにか。

と、首をかしげた。

私はそのころでも『論語』にさほど関心をもたなかったので、持っていた本は、吉川幸次郎氏の『論語』（朝日新聞社・朝日選書）ただ一冊であった。吉川氏の解釈はわかりやすいうえに漢文の深微にもふれさせてくれるので、この一冊でじゅうぶん、とおもっていた時間が長かった。この本によると、時に、というのは、

然るべき時をいい、時どきの意ではない、ということである。正当な解釈というしかない。

漢文を基礎から本格的に学んだことのない私にとって、吉川氏のさまざまな著作は、ありがたい教本となった。とくに漢語がもっているニュアンスは吉川氏の本によってはじめて知った。たとえば、『論語』にかぎったことではないが、いう、ということが、曰く、と書かれないで、謂う、と書かれている場合がある。その謂うには、単なる感想ではなく、批評、批判がこめられている、という。いわれてみれば、なるほどそうである。『論語』のなかには、謂と曰が近接してつかわれている一節がある。

——微生畝、孔子に謂いて曰く、丘、何為れぞ是れ栖栖たる者ぞ。

微生畝はおそらく隠者である。社会生活を放棄した隠者は、社会生活にこだわってそこに調和を求め、秩序を確立しようとする孔子に、つねに批判的である。むだな努力をしている、と観ている。微生畝もそのひとりで、

「丘さんよ、あなたはどうしてそんなにいそがしそうなのか」

と、嗤笑を秘めていった。栖はふつう、住む、ということであるが、ここでは、

いそがしいさまをいう。人との関係を絶ち切れば、ゆったりと生きられるのに、と微生畝は暗にいったのであろう。

主眼がそれた。

私がおぼえた違和感にもどる。

――春秋時代に、時に、などという用字があったろうか。

白川静氏の古代文字学は『説文新義』という研究書に結晶した。その書名は、後漢時代に許慎によって著された中国で最初の字典『説文解字』を意識してつけられたものであろう。その研究成果を、一般むけに字典の形に編んだのが『字統』（平凡社）である。

この字典で、時、をみると、この文字は、

「止と同義、時間の意ではない」

と、ある。つまり時は止まるという意味である。つづいて、

「是と同義」

と、ある。是はまず正しいという意味で、それから、ものを指す代名詞であり、ことばの意味を強める助辞でもある。

字典には、さらに、時は農時暦をいい、のちに時間の意に用いるようになったと解説されている。

——のち、というのは、いつごろなのか。

それを考えた私はすぐに『史記』の「淮陰侯列伝」にある一文を憶いだした。ちなみに淮陰侯とは韓信のことであり、かれは劉邦の天下平定を助けたが、功を誇るあまり、劉邦に嫌われ、最後には劉邦の妻である呂后に誅殺された。

とにかく憶いだした一文とは、こうである。

「天与うるに取らざれば、かえってその咎を受け、時至りて行わざれば、かえってその殃いを受く」

せっかく天が与えてくれたのに、取らなければ、咎めをうけ、そうしなければならない時がきたのに、行動をおこさなければ、殃いをうける。そのように韓信に進言したのは、策士の蒯通である。韓信は独断で東方に進出して、斉王となった。項羽と劉邦が争っているさなかに斉王の存在は大きく、蒯通は、この際、韓信は独立して両勢力にはっきり加担しないかたちをとるべきであり、いわば天下三分の計を説いたのである。

その文にある、時、こそ、然るべき時であろう。司馬遷は前漢の時代の人であり、孔子よりおよそ四百年もあとの人である。

さて、『論語』にある時を、ときに、と訓んでよいのか、と疑問をもった人がいる。貝塚茂樹氏である。私が中国歴史小説を書くまえに、中国古代史の第一人者は貝塚氏であった。中央公論社から出ていた『貝塚茂樹著作集』の全巻を食い入るように読んだ憶えがある。そのころの私の手もとには史料がすくなく、その著作にほどこされている注には、私が入手できない史料の原文が引用されていたので、ずいぶんそれに助けられた。貝塚氏の『論語』(中公文庫)はずいぶんあとになって買ったので、貝塚氏の見解を知ったのはかなり遅い。そこでは、こう訓まれている。

子曰わく、学んで時に習う、亦説ばしからずや。

のたまう、は、いうの尊敬語である。時を、ここ、と訓んでいる。貝塚氏の解説では、時は具体的な意味をもたない、助字として用いられていた、となる。私はこのほうが正しいとはおもうが、納得できない点はまだある。そもそも話しことばに助字など必要なのであろうか。ほんとうに孔子がいったのは、

「学んで習う」

だけであったのではないか。『論語』を編纂する門弟たちが、孔子がいってもいない、時、ということばをおぎなったのではないか。あるいは、その「時」に然るべき時の意味をもたせたのが正しいとすれば、文頭にある子とは、孔子ではなく、編纂をおこなっている門弟たちがそのときに仕えていた先生である、というばかばかしい推理さえもしたくなる。

朋と友

小説を書くために、あらためて『論語』を読むと、以前には看過したこまかな箇所がひっかかってきた。

朋有り遠方より来たる、亦楽しからず乎。

日本語でともだちを漢字で書くと、友達と書き、朋達と書く人はいない。『論語』は、とも、にすべて朋という文字をあてているのかといえば、そうではない。友という文字もつかわれている。

では、朋と友はなにがちがうのか。

白川静氏の説では、朋は、貝を綴る形であるという。友は、各手をもって助ける意であるという。前者は外形に重点がおかれ、後者は形態よりも精神性が加味されているように感じられる。その原義から敷衍すると、朋はならんでいるともだちを想ってよいであろう。

その詮索をあとまわしにして、遠方、に注目したい。

遠方はただ遠いといっているわけではない。殷の時代には、土方、鬼方などの異民族の国があり、方はほぼ国と同義語であった。それらの強悍な族の脅威からのがれるように西方の岐山の麓に移住したのが周民族である。周民族の繁栄はそこからはじまり、ついに殷王朝を倒して周王朝を樹立したため、岐山は祥瑞の山の名として記憶された。日本の戦国時代を終わらせかけた織田信長の近くに漢籍にくわしい者がいて、信長の本拠地を岐山とするかわりに、岐阜とした。阜は岡をいうが、この場合は山に等しいつかいかたである。

とにかく方は国と解することができるので、遠方は遠国と想うべきであろう。

それをふまえて、さきの文をみると、

「遠い国から、かつてならんでいたともだちが、会いにきてくれた。なんと楽しいことではないか」

と、孔子がいったことになる。それを読んで、なるほど、もっとも、などと同情していてはいけない。孔子に、かつてならんでいた他国のともだちなどいたはずがないのである。

　孔子は魯の国に生まれて、成長するまで、魯の国から出たことはない。他国の人と接する機会は皆無(かいむ)であった。最初の勤めは、委吏(いり)、であった。委吏は倉庫の穀物(こくもつ)の出納(すいとう)係りである。そのあと、司職(ししょく)の吏となった。犠牲にする六畜(りっきゅう)（リクキクとも）つまり、牛、馬、羊、鶏、犬、豚を飼育する役人になった。

　このあとの職歴が不明になるが、『論語』に、孔子が魯の公室の大廟(たいびょう)にはいって、いちいち質問したことが記(しる)されている。

　民間人が大廟にはいることはあるまい。すると孔子はそのとき祭祀(さいし)にかかわる吏人になっていたと想像できる。

三十歳で一家を建てて、のちに孔門とよばれる私塾をひらいた。ここまで、ならんでいた他国のともだちの影も形もない。私はそのならんでいた他国のともだちとは、いわゆる学友であろうとおもうようになった。魯に有名な私学があり、そこで学ぶために他国の学生が留学し、若い孔子がその私学校にいたのであれば、難問はさらりと解ける。だが、魯にそのような私学があった形跡はない。

のちに孔子の博識に感心した衛の国の公孫朝という人が、孔子の弟子の子貢に、

「仲尼（孔子のあざな）は、たれに学んだのか」

と、問うた。すると子貢は、

「夫子はたれにでも学んだのです。特定の先生などはいなかったのです」

と、答えた。それをうらがえせば、孔子の学問は、独学であった、ということになる。学友など、いようはずもない。

そう考えれば、朋有り――、といったのは孔子ではないので、その文を無視すればよいことになる。だが、『史記』の「孔子世家」に、魯の貴族である南宮敬叔が、魯の君主に、

「どうか孔子とともに周にゆかせてください」

と、許しを求めたため、馬車と従者がさずけられ、周へ行って老子に会った、という記述がある。

——妄だろう。

私は、それは司馬遷の創作であり、事実ではない、とおもう時間が長かった。まえに述べたように、孔子は三十歳まで他国にゆくゆとりも時間もなかった。三十歳からは、表看板をかかげて、門弟を教えはじめた。

それから五年後に、魯の君主の昭公は三人の大臣（三桓）に逐われて国外にでた。以後、帰国して復位することなく、客死した。すなわち魯は八年間、君主が不在となった。

そういう魯の政治事情がわかると、南宮敬叔が、孔子とともに周へゆく許可を、いつ君主から得たのか、と疑わざるをえない。ちなみに南宮敬叔の年齢を調べてみると、孔子が三十歳のときに七歳であり、当然、孔子が三十五歳のときには十二歳である。

——無理の多い話だ。

そうおもいながら、それでも、私は朋という文字ひとつにこだわった。この文字に孔子の真実があれば、かれに学友がいたというのはほんとうにちがいない。私は自分で作った孔子年表を熟視しているうちに、魯国内での孔子の動きがまったくみえなくなるところがあることに気づいた。そのころは門弟を熱心に教えていただけだ、と解釈することができないことはない。しかし、

──孔子は魯を離れて周に留学した。

と、想うほうが自然であるような気がしてきた。孔子は、弟子をもちながら、周へ往き、老子の門下生として学んだのだ。学友はそのときにできた。つまり私は、『論語』の冒頭文のなかにある、時、を信じないが、朋、は信じたのである。

天命について

七十歳をすぎた孔子は、あるときこう述懐(じゅっかい)した。

吾(われ)、十有(ゆう)五にして学に志(こころざ)す
三十にして立つ

四十にして惑わず
五十にして天命を知る
六十にして耳順う
七十にして心の欲する所に従って矩を踰えず

吉川幸次郎氏の『論語』のおもしろさは、たとえば右の文にある、吾、について、

「主格もしくは所有格である場合には、吾が使われている。いいかえれば、あとに何かをいい継ぐ場合の『われ』は、我の字をつかうよりも、吾の字をつかう方が、普通である」

と、あって、漢字のこまかな用法を教えてくれるところにある。

孔子の発言のなかで、むずかしいのは、耳順う、をどのように解釈するかであるが、吉川氏は、

「自己と異なる説を聞いても、反発を感じなくなった。（中略）人間の生活の多様性を認識し、むやみに反発しないだけの、心の余裕を得た」

と、いい、この説を超えてゆくほどの卓見が頻出するとはおもわれない。

私が問題視したのは、その耳順ではなく、

「五十にして天命を知る」

である。すべてのことばのなかで、天命ということばが異様に重い。

孔子が五十歳のときになにがあったのか。

最初にことわっておくべきであったが、孔子が生まれた年については二説ある。魯の襄公二十一年（前五五二年）あるいは襄公二十二年（前五五一年）である。『春秋公羊伝』などは前者を指示し、『史記』は後者を明記している。私は前者が正しいとおもっていたが、年表を作って孔子の足跡をくりかえしたどってゆくうちに、後者でなければつじつまがあわなくなってきた。それゆえ、小説を書きはじめる段になって、

――孔子は襄公二十二年に生まれた。

と、おそるおそる断定した。

生年が一年ちがうと、孔子の五十歳の状況がすっかり変わってしまう場合が想定されるので、その断定にはかなりの勇気が要った。

孔子の行動を左右させた人物に、

「陽虎」という怪人がいる。『論語』にでてくる、陽貨、がその人であろう。よけいなことかもしれないが、貨は財貨であるが、賈もおなじ意味で、じつは賈は、こ、という音もつので、その音に虎があてられたかもしれない。

とにかく陽虎は陪臣でありながら、魯の政治を掌握した稀代の人物である。貴族でなければ参政の席にすわれない時代に、大臣の臣下のまま、大臣を脅迫し、ほかの大臣を威圧し、君主を制御し、しばらく魯国を統治するという離れ業をやってのけた。

孔子も魯の政治改革を望んでいたが、陽虎のような手荒い方法を嫌い、四十八歳のときに出国し、隣国の斉へ亡命した。

すでに孔子の盛名は斉の大臣の耳にもとどいており、ひとりの大臣の推薦で孔子は斉の君主である景公に会った。景公に気に入られた孔子は、大臣に等しい地位を与えられそうになったものの、晏嬰（晏子）の反対によって、その破格の優遇はとりやめになった。

晏嬰は斉においては管仲とならぶ名宰相である。景公という凡庸な君主を善導して斉の国力を保持した。庶民にも絶大な人気があり、晏嬰の存在は斉の良識そのものであった。

斉は殷周革命のあとに、太公望が周の武王を輔けた功により、東方に建てた国である。殷に迫害されつづけた羌族（遊牧民族）の国であるから、姫姓（周王室）の支配下にあっても、政治思想がだいぶちがっていた。周、魯、衛、鄭などの国とちがって姫姓至上主義ではないので、さまざまな民族が斉にはいりこんだであろう。そういう国民を治めてゆくのに、孔子がいうところの周の礼によって官民を整えなおすというのには、無理があろう。

晏嬰は景公に、

「孔子の礼は煩雑で、弟子にならないかぎり、修得できません」

と、いい、君にそれができますか、と暗に問うた。できないのなら、害になるだけである、ということである。

——孔子をとりたてようがない。

と、さとった景公は、孔子を客のままずえおいた。

　孔子は失望したであろう。景公の話し相手になっているだけで、政治に参加できなければ、斉にあらたな秩序を立てることはできない。かといって、陽虎が専権をふるっている魯へ帰ることはできない。

——窮した。

と、孔子は感じたにちがいない。これが四十九歳のころである。

　ところが五十歳になると、陽虎は正卿である季氏を殺そうとして失敗し、ついに首都からでて北へ奔り、斉に近づいてきた。

——陽虎は斉に亡命するにちがいない。

と、予想したのは孔子だけではなく従者の門弟もそうで、かれらは魯へ帰国する支度をはじめた。

「人の運命とは、そういうものなのか」

　たぶん孔子はそうおもった。しかしながら、人の運命を、この時代に、天命ということはない。

　私は『春秋左氏伝』のなかにある天命という語をさがしてみた。二箇所にあった。

最初のそれは、

「問鼎」

にかかわりがあった。問鼎とは、

「鼎の軽重を問う」

という成語の短縮形である。

魯の宣公三年（前六〇六年）に、楚の荘王は軍を率いて北上し、ついに洛水のほとりまで進出して周にむかって兵威を示した。

春秋時代は覇者の時代であるといわれる。諸侯のなかで傑出した君主が盟主となり、周王にかわって天下を治めた。それらの覇者が五人いたので、五覇、とよばれる。楚の荘王はそのひとりで、周都を攻撃できるところまできたので、

「われが周王になりかわって天下を治めてやろうか」

と、無言に脅迫した。周王は王孫満という使者をさしむけた。荘王はこの使者に、王者のあかしで周王室に所蔵されている鼎の大きさを問うた。それにたいして王孫満は、

「鼎の大小と軽重は、それを持つ者の徳しだいであり、鼎それ自体にはかかわり

はありません」

と、答え、説述をつづけた。さいごに、

「いまや、周の徳は衰えたといっても、天命はまだ改まっていません。鼎の軽重を問うような野心をもってはなりません」

と、いった。

ここにある天命は、天が定めた周王朝の命運、ということであろう。周王個人の寿命などについていったわけではない。

つぎの箇所は魯の昭公二十七年（前五一五年）の記事のなかにある。

まえに述べたように、魯では君主と大臣の対立があり、君主の昭公が正卿である季氏を攻めて殺そうとしたが、うまくいかず、かえって出国することになった。斉の景公を頼ったのである。

斉と魯の国境近くに鄆という邑があり、そこに昭公がはいった。

昭公を逐った大臣のひとりである孟氏（仲孫氏）と季氏の代人としての陽虎が、兵を率いて鄆を攻めようとした。それを知った昭公の従者である兵が迎撃のために気勢を挙げた。

昭公を佐けた賢臣に子家子がいる。かれは深慮のない昭公の従者をながめて、

――天命、慆せざること久し。

と、まずいった。

慆は、ほしいまま、と訓むが、この場合、でたらめ、とか、みだらの意味になろう。要するに、天命とは昔からいいかげんではない、と子家子はいった。昭公を誤らせたのは、これら思慮の足りない従者どもであり、いままたまちがった判断をして戦おうとしている。かれらにとってここが死所となろう。そういってみなを諫めた子家子は無視された。はたして昭公の従者は多くが敗死した。

さて、その場合の天命は、魯という国家と君主の命運を天が定めているということである。

以上の二例をみてわかるように、天命ということばは、国運にかかわるものであり、野に在る教師がつかってよいものではない。そう考えると、述懐全体をも、ほんとうに孔子がいったのか、と疑いたくなってしまう。

陳・蔡の厄

虚構は事実以上に真実である。

歴史家でありながら司馬遷は、そんな意いをいだいていたのではあるまいか。

私が強くそう感じたのは、『劉邦』（毎日新聞出版）を書いていたときである。

秦王朝末期の大混乱を斂め、いったんは天下の主となった項羽が、劉邦の反撃に遭って、最後は垓下という地で劉邦軍に包囲された。四面からながれてくる楚の歌をきいた項羽は、かつては味方であった楚の将士がいまや敵陣にいることを知って絶望し、わずかな従騎とともに包囲陣を突破して南下した。項羽は東城まで逃げたが、追撃の騎兵隊に追いつかれ、そこで戦死した。それが事実にちがいない。ところが司馬遷は、項羽を東城では殺さず、さらに南へ逃走させて、江水の渡船場というべき烏江に到らせた。そこには船を用意していた亭長がいて、項羽と対話するのであるが、どう考えてもこれは事実ではなく、司馬遷の創作である。しかしこの場面を創らないと、項羽という存在の歴史的意義とその悲劇性を表現できない、とかれはおもったのである。

司馬遷は孔子の生涯を書く上で、その行動の地味なところを派手にするという手法をつかった。当然、事実とちがうことになった。

たとえば、斉から魯にもどった孔子は、司寇に任ぜられたが、これは事実であろう。司寇は警察長官であるが、法務大臣を想ったほうがよいかもしれない。その後、『孔子世家』は、

――司寇より大司寇と為る。

と、位をあげた。白川静氏が指摘したように、大司寇という官職名はほかの書物にはみあたらない。むろん『論語』にもない。すると司馬遷は、孔子の政治的権力の増大を大司寇という、ありもしない官職名で表現したことになる。そのあと孔子は、三桓とよばれる大臣の城を壊しはじめる。それほどのことができるためには、大司寇でなければならない、という司馬遷の配慮を感じないわけではないが、それは歴史の記述ではなく、ほとんど小説の手法である。城の取り壊しは、正卿である季氏の認可のもとでおこなったのである。ところがほかの卿の猛反発にあって、孔子は魯を去らなければならなくなった。長い亡命の旅のはじまりである。

亡命の道順についても、司馬遷は小細工をしている。要するに、孔子にはなるべく動きまわってもらわなければ、おもしろくない、といわんばかりである。

私はそれにまどわされないように、その亡命の順路を、長い間考えつづけた。

　魯から衛（えい）へ（西行）
　衛から宋（そう）へ（南下）
　宋から陳（ちん）へ（南下）

ここまではよいとして、陳からどこへ行ったのか。

さいわいなことに、私は長い連載小説となった『湖底の城』（講談社）を書くために、当時の南方諸国の事情を調べ、それにくわしくなった。

陳の国情は複雑で、春秋時代の中期から南方の超大国というべき楚に従うようになり、いったん滅亡し、再興されたあとも、楚に従うという姿勢のまま後期にきた。ところが、楚の隣国の呉（ご）の武力が強大となり、呉が楚を攻める際に、

「陳もわが軍に加われ」

と、命じた。陳は楚への忠義立てとして、その命令を黙殺した。

呉軍は楚軍を打ち負かし、楚の国を滅亡寸前に追い込んだものの、完全に制圧することができず、反攻されて、ついに退去した。

その後、あらたに呉の君主となった夫差（ふさ）は、往時の怨（うら）みを晴らすべく、呉の命

令をないがしろにした陳を攻撃することにしたのである。

孔子はそういう時に陳に滞在していた。

陳都が呉軍に包囲されることを恐れた孔子は、陳から出ることを決めた。しかしながら呉軍が北上してくる南へはゆけない。

——楚へ行ったのではないか。

と、想ったが、実情にあわない、とわかった。楚は陳を救援するため、楚王がみずから軍を率いて北上していたのである。

宋にもどる手があるが、宋ではたいそういやな目にあったので、宋へもどるはずがない。

そうなると、地図をみるまでもなく、西へ行くしか安全な道はない。

——孔子は陳から鄭へ行ったのだ。

鄭は陳の西北に位置する国である。ただし、以前、魯軍が鄭の一邑を攻撃し、乱暴をはたらいたので、鄭人は魯人を嫌っている。それを承知で、孔子は門弟とともに陳都を出て、鄭へむかおうとした。が、呉軍のために偵候をおこなう蔡の兵が陳都近くまできており、孔子らはその兵に捕らえられた。

孔子にとって最大の苦難とはこれであろう。

陳に在りて糧を絶つ。従者病んで能く興つこと莫し。

そのように『論語』にはあり、かれらは涸渇したのである。この危地からどのように脱出したのか、じつはよくわからない。とにかく陳都のあたりは戦場になったはずであり、そうなるまえに孔子らは鄭へ行った。というのが私が画いた順路図である。「孔子世家」は、

「楚の昭王が兵をつかわして孔子を迎えた」

と、しているが、このとき昭王は重病で、自身は戦陣に立てず、陳の救助は重臣にやらせた。ほどなく昭王は薨じた。

孔子は昭王の死後に、鄭から楚にはいった。それゆえ私は、孔子と昭王の対面はなかった、とみている。それどころか、楚都へも行っていない、とおもわざるをえない。

やがて孔子は楚から衛を経て魯に帰った。

私が考えた孔子の亡命順路はそうなったが、ひとつ、国名がぬけている。蔡という国である。「孔子世家」では、孔子は蔡へ行ったことになっている。蔡という国の位置は、遷都があったために移動している。上蔡から新蔡へ、さらに下蔡（州来）へ首都を遷した。陳よりかなり南にある国である。

蔡も陳と同様に楚に従っていたが、楚のあつかいのむごさに腹を立て、呉に従うようになった。そのため楚に攻められ、呉に援助を求めるかたちで、呉の一邑であった州来へ蔡都を遷した。そういう劣弱な国情の蔡に、孔子がゆくであろうか。蔡の公室は、孔子を賓客として迎える理由もゆとりもない。

ただし『論語』に、こういう孔子の発言が記されている。

我に陳・蔡に従いし者は、皆門に及ばざる也。

晩年の孔子は門人たちの顔ぶれをながめて、

「われに従って陳・蔡へ行った者は、ひとりもここになくなったなあ」

と、いった。顔回が亡くなり、仲由（子路）が衛で仕官したあとの嘆声である。

その陳・蔡を、陳と蔡のあいだの災難、と解釈しても、多少の無理がある。陳都を出た孔子は南下したわけではない。西へむかったとする私にとってひとつの救いは、蔡という国がもとは陳の西南にあったということである。

とにかく史料に矛盾があったり不可解なことがあったほうが、小説の力点（りきてん）が定まってよい。整理された史料の上に虚構を立てても、なんのおもしろみもない。

令和二年十二月

宮城谷昌光

年譜

年代	年齢	事項
一九四五（昭和二十）		二月四日、愛知県宝飯郡三谷町（現・蒲郡市）字二舗四十八番地にて、宮城谷さだ子の長男として生まれる。本名は誠一。
一九四六（昭和二十一）	一歳	母さだ子、旅館「若竹」を三谷町港町通五十四番地に開業。
一九五一（昭和二十六）	六歳	4月　三谷町立三谷小学校に入学。
一九五三（昭和二十八）	八歳	9月　旅館「若竹」が差し押さえられ、廃業となる。台風13号の高潮に遭遇。
一九五六（昭和三十一）	十一歳	8月　母さだ子が蒲郡市三谷町鳶欠十四番地で土産物屋を始める。
一九五七（昭和三十二）	十二歳	3月　蒲郡市立三谷小学校を卒業。 4月　蒲郡市立三谷中学校に入学。 5月　妹・多（まさ）生まれる（のちに紀代と改名）。
一九五九（昭和三十四）	十四歳	9月　伊勢湾台風に遭遇。
一九六〇（昭和三十五）	十五歳	3月　蒲郡市三谷中学校を卒業。

一九六一（昭和三十六）	十六歳	4月　愛知県立時習館高等学校（豊橋市）に入学。 11月　文芸サークル（のちの文芸部）で『コスモス』1号を発行。
一九六三（昭和三十八）	十八歳	3月　愛知県立時習館高等学校を卒業。 4月　早稲田大学文学部英文科に入学、豊島区高松二―三十二　近藤村吉宅に下宿する。
一九六五（昭和四十）	二十歳	このころ川端康成『雪国』を初めて読む。
一九六七（昭和四十二）	二十二歳	3月　早稲田大学文学部を卒業。卒論は「エドガー・アラン・ポーの世界」。卒業後、新宿区早稲田鶴巻町二二三　上田宅へ転居。 5月　水道橋にある国鉄の試験問題を作成する出版社の中央書院に就職。
一九六八（昭和四十三）	二十三歳	3月　同人誌『炎天使』を創刊し、宮城谷青一の筆名で「春潮」（のちに「春の潮」と改題）を発表する。 4月　評論新社（のちの新評社）に就職。営業部でのアルバイトを経て正社員となり、『新評』編集部へ配属

年	年齢	事項
		される。 12月　有馬記念を機に競馬を研究。
一九六九(昭和四十四)	二十四歳	3月　『早稲田文学』三月号に宮城谷青市の筆名で「天の華園」を発表。
一九七〇(昭和四十五)	二十五歳	『炎天使』第二号に「夏情歌」を発表する。
一九七一(昭和四十六)	二十六歳	3月　同人誌『朱羅』に参加。 このころNHKラジオの「フランス語講座」を熱心に聴く。 9月　『朱羅』に「秋浦」を発表。 11月　滝浪豊満との二人集『エテルニタ』を創刊、宮城谷青市の筆名で「逢魔時」(上)を発表する。
一九七二(昭和四十七)	二十七歳	この年より宮城谷昌光の筆名をつかう。 10月　新評社を退社する。翻訳や新評社の仕事で生活。 12月　『エテルニタ』二号に「装飾窓架――アルビノーニの『弦楽とオルガンのためのアダージョ』へ――。」を発表。
一九七三(昭和四十八)	二十八歳	2月　本多聖枝と見合いをする。

		4月　三谷温泉「松風園」で挙式、披露宴。媒酌人は小林龍雄、君枝夫妻。新婚旅行で、京都、奈良を訪れる。結婚後、夫婦で蒲郡市三谷町の母の土産物屋を手伝う。 9月　『朱羅』に「立原正秋著『きぬた』書評」を発表。
一九七四（昭和四十九）	二十九歳	4月　『朱羅』に「昏黄」（「逢魔時」下）を発表する。
一九七五（昭和五十）	三十歳	4月　『朱羅』に「イジチュールについて」を発表（のちに「マラルメの『イジチュール』について」と改題）。このころ写真に夢中になる。 10月　母方祖母ふま死去。
一九七六（昭和五十一）	三十一歳	3月　『朱羅』に「無限花序」（Ⅰ）を発表する。
一九七七（昭和五十二）	三十二歳	5月　『朱羅』に「無限花序」（Ⅱ）を発表する。
一九七九（昭和五十四）	三十四歳	5月　『朱羅』に「無限花序」（終回）を発表する。
一九八〇（昭和五十五）	三十五歳	5月　蒲郡市栄町で学習塾を開く。 6月　蒲郡市立南部小学校近くの本町三―十三にうつり、東海英語教室を開く。英語と習字を教える塾だった。

一九八一（昭和五十六）	三十六歳	8月　立原正秋死去。 このころ白川静の著作に出会う。 4月　『朱羅』に立原正秋追悼文「無言花」と、「石壁の線より」（上）を発表。 この年『日本カメラ』の月例コンテストで二度金賞を獲得、年度賞（八位）をもらう。
一九八三（昭和五十八）	三十八歳	このころ『王家の風日』を書き始める。 11月　『朱羅』に「石壁の線より」（下）を発表。
一九八五（昭和六十）	四十歳	1月　蒲郡市本町十一―十六に転居。
一九八七（昭和六十二）	四十二歳	『天空の舟』の執筆を開始する。 8月　伯母もと死去。
一九八八（昭和六十三）	四十三歳	3月　『朱羅』に初の中国小説「甘棠の人」を発表。 6月　『王家の風日　小説・箕子伝』を史料出版社より刊行する。発行部数五百。
一九九〇（平成二）	四十五歳	3月　『毎日グラフ別冊』に「二人の利休　三国利休と三船利休」を寄稿。

7月 『天空の舟　小説・伊尹伝』（上）（下）を海越出版社より刊行する。

10月 「買われた宰相――百里奚伝」を『IN☆POCKET』に連載する（十二月まで。のちに『買われた宰相』と改題）。

一九九一（平成三）　四十六歳

1月 『天空の舟　小説・伊尹伝』が第一〇四回直木賞候補作となる。

2月 『俠骨記』を講談社より刊行する。学習塾を閉じる。

3月 名古屋市昭和区広見町六―六十三―七へ転居。

4月 『天空の舟　小説・伊尹伝』が第一〇回新田次郎文学賞を受賞。

『夏姫春秋』（上）（下）を海越出版社より刊行する。

7月 『夏姫春秋』で第一〇五回直木賞を受賞。

『石壁の線より』（海越出版社）。

9月 名古屋市西区城西四―二―三に転居。

『孟夏の太陽』（文藝春秋）。

12月 『春の潮』（講談社）。

年	年齢	事項
一九九二（平成四）	四十七歳	2月『会社人間上昇学』（海越出版社）。 4月『花の歳月』（講談社）。 6月『中国古典の言行録』（海越出版社）。 9月『沈黙の王』（文藝春秋）。
一九九三（平成五）	四十八歳	2月〜4月『重耳』上中下（講談社）。
一九九四（平成六）	四十九歳	1月『春秋の色』（講談社）。 3月『重耳』で芸術選奨文部大臣賞を受賞。 10月〜12月『晏子』上中下（新潮社）。
一九九五（平成七）	五十歳	1月 阪神淡路大震災。『東京新聞』『中日新聞』『北海道新聞』他に連載中だった「孟嘗君」が震災のため『神戸新聞』のみ中断、その五十四回分を三月二十七日より三十一日まで同紙朝刊に十から十一回分ずつ掲載した。 6月『介子推』（講談社）。 9月『孟嘗君』1、2（講談社）。 10月『孟嘗君』3（講談社）。 11月『孟嘗君』4、5（講談社）。

年	年齢	事項
一九九六(平成八)	五十一歳	1月　司馬遼太郎と面談、会食。 2月　『楽毅』上（海越出版社）。 静岡県引佐郡（現・浜松市北区）三ケ日町に転居。 5月　『長城のかげ』（文藝春秋）。 第49回中日文化賞を受賞。 7月　『玉人』（新潮社）。 10月　『海辺の小さな町』（朝日新聞社）。 11月　『春秋の名君』（講談社）。
一九九七(平成九)	五十二歳	4月　『史記の風景』（新潮社）。 6月　『奇貨居くべし』春風篇（中央公論社）。 9月　『楽毅』一、二（新潮社）。 11月　『青雲はるかに』上下（集英社）。
一九九八(平成十)	五十三歳	3月　『奇貨居くべし』火雲篇（中央公論社）。 5月～7月　『太公望』上中下（文藝春秋）。 10月　『楽毅』三（新潮社）。
一九九九(平成十一)	五十四歳	4月　『奇貨居くべし』黄河篇（中央公論新社）。 10月　『楽毅』四（新潮社）。

年	年齢	事項
二〇〇〇(平成十二)	五十五歳	12月『クラシック千夜一曲　音楽という真実』(集英社新書)。
		2月 第三回司馬遼太郎賞受賞。
		『華栄の丘』(文藝春秋)。
		7月 直木賞選考委員となる。
		『奇貨居くべし』飛翔篇(中央公論新社)。
		10月『子産』上下(講談社)。
二〇〇一(平成十三)	五十六歳	1月「作家生活十周年記念祝賀会」を帝国ホテルで開く。
		『無限花序』(新潮社)。
		2月『沙中の回廊』上下(朝日新聞社)。
		3月『子産』で第35回吉川英治文学賞を受賞。
		4月 新田次郎文学賞の選考委員になる。
		6月『奇貨居くべし』天命篇(中央公論新社)。
二〇〇二(平成十四)	五十七歳	4月 自宅のそばに書庫、清香文庫を建てる。
		11月『宮城谷昌光全集』全二十一巻を文藝春秋より刊行開始。
二〇〇三(平成十五)	五十八歳	3月『歴史のしずく　宮城谷昌光名言集』(中央公論新社)。
		4月『管仲』上下(角川書店)。

年	年齢	事項
二〇〇四(平成十六)	五十九歳	7月『クラシック　私だけの名曲1001曲』(新潮社)。 1月『香乱記』上(毎日新聞社)。 2月『香乱記』中(毎日新聞社)。 『ふたりで泊まるほんものの宿』妻聖枝との共著(新潮新書)。 3月『香乱記』下(毎日新聞社)。 7月『宮城谷昌光全集』全二十一巻(文藝春秋)が完結。 10月『古城の風景1　菅沼の城　奥平の城』(新潮社)。 10月～11月『三国志』第一巻～第三巻(文藝春秋)。 12月第52回菊池寛賞を受賞する。
二〇〇五(平成十七)	六十歳	3月吉川英治文学賞の選考委員になる。 9月『古城の風景2　松平の城』(新潮社)。 11月『春秋名臣列伝』(文藝春秋)。 『戦国名臣列伝』(文藝春秋)。
二〇〇六(平成十八)	六十一歳	8月『古城の風景3　一向一揆の城』(新潮社)。 9月『三国志』第四巻、第五巻(文藝春秋)。 11月紫綬褒章受章。

年	年齢	月	事項
二〇〇七（平成十九）	六十二歳	12月	『風は山河より』第一巻、第二巻（新潮社）。
二〇〇八（平成二十）	六十三歳	1月～3月	『風は山河より』第三巻～第五巻（新潮社）。
		9月	『三国志』第六巻（文藝春秋）。
			『古城の風景4　徳川の城 今川の城』（新潮社）。
		8月	『古城の風景5　北条の城』（新潮社）。
			『新 三河物語』上（新潮社）。
		9月	『新 三河物語』中（新潮社）。
			『三国志』第七巻（文藝春秋）。
		10月	『新 三河物語』下（新潮社）。
二〇〇九（平成二十一）	六十四歳	2月	『他者が他者であること』（文藝春秋）。
		5月	『孟嘗君と戦国時代』（中公新書）。
		9月	『三国志』第八巻（文藝春秋）。
		10月	『古城の風景6　北条水軍の城』（新潮社）。
二〇一〇（平成二十二）	六十五歳	6月	『楚漢名臣列伝』（文藝春秋）。
		7月	『呉越春秋　湖底の城』第一巻（講談社）。
		9月	『三国志』第九巻（文藝春秋）。
			『古城の風景7　桶狭間合戦の城』（新潮社）。

二〇一一（平成二十三）	六十六歳	7月　『呉越春秋　湖底の城』第二巻（講談社）。 9月　『三国志』第十巻（文藝春秋）。 10月　『草原の風』上（中央公論新社）。 11月　『草原の風』中（中央公論新社）。 12月　『草原の風』下（中央公論新社）。
二〇一二（平成二十四）	六十七歳	7月　『呉越春秋　湖底の城』第三巻（講談社）。 9月　『三国志』第十一巻（文藝春秋）。
二〇一三（平成二十五）	六十八歳	7月　『呉越春秋　湖底の城』第四巻（講談社）。 9月　『三国志』第十二巻（文藝春秋）で完結。
二〇一四（平成二十六）	六十九歳	5月　『三国志外伝』『三国志読本』（文藝春秋）。 9月　『呉越春秋　湖底の城』第五巻（講談社）。
二〇一五（平成二十七）	七十歳	2月　「作家生活二十五周年をお祝いする会」を帝国ホテルで開く。 私家版『うみの歳月』（文藝春秋）。 4月　『随想　春夏秋冬』（新潮社）。 5月～7月　『劉邦』上中下（毎日新聞出版）。 9月　『呉越春秋　湖底の城』第六巻（講談社）。

年	年齢	事項
二〇一六（平成二十八）	七十一歳	10月　『窓辺の風　宮城谷昌光　文学と半生』（中央公論新社） 1月　『劉邦』で第57回毎日芸術賞を受賞。 9月　『呉越春秋　湖底の城』第七巻（講談社）。 11月　旭日小綬章受章。
二〇一七（平成二十九）	七十二歳	8月　母さだ子死去。 9月　『呉越春秋　湖底の城』第八巻（講談社）。 11月　『呉漢』上下（中央公論新社）。
二〇一八（平成三十）	七十三歳	2月　『三国志名臣列伝　後漢篇』（文藝春秋）。 9月　『呉越春秋　湖底の城』第九巻（講談社）。
二〇一九（令和元）	七十四歳	3月　『歴史を応用する力』（中公文庫、文庫オリジナル）。
二〇二〇（令和二）	七十五歳	1月　直木賞選考委員と新田次郎文学賞選考委員を退任。 10月　『孔丘』（文藝春秋）。
二〇二一（令和三）	七十六歳	1月　『公孫龍　巻一　青龍篇』（新潮社）。 3月　『窓辺の風　宮城谷昌光　文学と半生』文庫化（中公文庫、書き下ろしエッセイを新収録）。

年譜作成　佐藤憲一

写真
第一章　クレジットのない写真はすべて著者提供
第二章　中央公論新社写真部　撮り下ろし

『窓辺の風　宮城谷昌光　文学と半生』二〇一五年一〇月　中央公論新社刊

中公文庫

窓辺の風（まどべのかぜ）

——宮城谷昌光（みやぎたにまさみつ）　文学と半生（ぶんがくとはんせい）

2021年3月25日　初版発行

著　者　宮城谷昌光（みやぎたにまさみつ）

発行者　松田陽三

発行所　中央公論新社

〒100-8152　東京都千代田区大手町1-7-1

電話　販売 03-5299-1730　編集 03-5299-1890

URL http://www.chuko.co.jp/

ＤＴＰ　平面惑星

印　刷　大日本印刷

製　本　大日本印刷

Published by CHUOKORON-SHINSHA, INC.
Printed in Japan　ISBN978-4-12-207050-9 C1195

各書目の下段の数字はISBNコードです。978－4－12が省略してあります。

中公文庫既刊より

み-36-7
草原の風（上） 宮城谷昌光
三国時代よりさかのぼること二百年。劉邦の子孫にして、勇武の将軍、古代中国の精華・後漢王朝を打ち立てた光武帝・劉秀の若き日々を鮮やかに描く。
205839-2

み-36-8
草原の風（中） 宮城谷昌光
三国時代に比肩する群雄割拠の時代、天下に乱立する英傑と鮮やかな戦いを重ね、天下統一へ地歩を固める劉秀。天性の将軍・光武帝の躍動の日々を描く！
205852-1

み-36-9
草原の風（下） 宮城谷昌光
いよいよ天子として立つ劉秀。その磁力に引き寄せられるように、多くの武将、知将が集結する。光武帝の後漢建国の物語、堂々完結！〈解説〉湯川　豊
205860-6

み-36-11
呉　漢（上） 宮城谷昌光
貧家に生まれた呉漢は、運命の変転により、天下統一を目指す劉秀の将となるが……。後漢を建国し、中国統一を果たした光武帝が最も信頼した武将を描く。
206805-6

み-36-12
呉　漢（下） 宮城谷昌光
王莽の圧政に叛旗を翻す武将たちとの戦いの中で、光武帝・劉秀の信頼を得た呉漢。天下の平定と光武帝のためにすべてを捧げた生涯を描く。〈解説〉湯川　豊
206806-3

み-36-13
新装版　奇貨居くべし（一）春風篇 宮城谷昌光
秦の始皇帝の父ともいわれる呂不韋。一商人から宰相にまでのぼりつめた波瀾の生涯を描く。十五歳の少年・不韋は、父の命により旅に出ることになるが……。
206981-7

み-36-14
新装版　奇貨居くべし（二）火雲篇 宮城谷昌光
藺相如と共に、趙の宝玉「和氏の璧」を大国・秦の手から守り抜いた呂不韋。乱世に翻弄されながらも、荀子、孟嘗君らの薫陶を受け成長する姿を描く。
206993-0

み-36-15
新装版　奇貨居くべし（三）黄河篇
宮城谷昌光
斉と魏の謀略により薛は滅びた。孟嘗君らが作り上げた理想郷・慈光苑に暮らす人々を救い出した呂不韋は、商人として立つことを考え始めるが……。
207008-0

み-36-16
新装版　奇貨居くべし（四）飛翔篇
宮城谷昌光
あれは奇貨かもしれない――。秦王の信を得た范雎の台頭から生じた政変に乗じ、呂不韋は、趙で人質生活を送る安国君の公子・異人を擁立しようとするが。
207023-3

み-36-10
歴史を応用する力
宮城谷昌光
中国歴史小説の第一人者が、光武帝や、劉邦ら中国史上名高い人物の生涯をたどりつつ、ビジネスや人間関係における考え方のヒントを語る。文庫オリジナル。
206717-2

し-20-5
漢字百話
白川　静
甲骨・金文に精通する著者が、漢字の造字法を読み解き、隠された意味を明らかにする。現代表記には失われた、漢字本来の姿が見事に著された好著。
204096-0

し-20-6
初期万葉論
白川　静
それまでの通説を一新した、碩学の独創的万葉論。人麻呂の挽歌を中心に古代日本人のものの見方、神への祈りが、鮮やかに立ち現れる。待望の文庫化。
204095-3

し-20-7
後期万葉論
白川　静
『初期万葉論』に続く、中国古代文学の碩学の独創的万葉論。人麻呂以降の万葉歌の諸相と精神の軌跡を描き、文学の動的な展開を浮かび上がらせる。
204129-5

し-20-9
孔　子　伝
白川　静
今も世界中で生き続ける「論語」を残した哲人、孔子。挫折と漂泊のその生涯を、史実と後世の恣意的粉飾とを峻別し、愛情あふれる筆致で描く。
204160-8

し-20-10
中国の神話
白川　静
従来ほとんど知られなかった中国の神話・伝説を、豊富な学識と資料で発掘し、その成立＝消失過程を体系的に論ずる。日本神話理解のためにも必読。
204159-2

各書目の下段の数字はISBNコードです。978－4－12が省略してあります。

し-20-11
中国の古代文学（一）神話から楚辞へ
白川　静
中国文学の原点である詩経と楚辞の成立、発想、表現を、記紀万葉と対比し、民俗学的に考察する。神話への挽歌である古代歌謡に〈詩〉の根源を探る。
204240-7

し-20-12
中国の古代文学（二）史記から陶淵明へ
白川　静
「歴史」を通じて運命への挑戦者を描く司馬遷、田園山水に孤絶の心を託す陶淵明・謝霊運らの文学活動を通して「創作詩」の成立過程をたどる。全二巻。
204241-4

し-6-27
韃靼疾風録（上）
司馬遼太郎
九州平戸島に漂着した韃靼公主を送って、謎多いその故国に赴く平戸武士桂庄助の前途に待ちかまえていたものは。東アジアの海陸に展開される雄大なロマン。
201771-9

し-6-28
韃靼疾風録（下）
司馬遼太郎
文明が衰退した明とそれに挑戦する女真との間に激しい攻防戦が始まった。韃靼公主アビアと平戸武士桂庄助を軸にした壮大な歴史ロマン。大佛次郎賞受賞作。
201772-6

し-6-31
豊臣家の人々
司馬遼太郎
北ノ政所、淀殿など秀吉をめぐる多彩な人間像と栄華のあとを、研ぎすまされた史眼と躍動する筆でとらえた面白さ無類の歴史小説。〈解説〉山崎正和
202005-4

し-6-32
空海の風景（上）
司馬遼太郎
平安の巨人空海の思想と生涯、その時代風景を照射し、日本が生んだ人類普遍の天才の実像に迫る。構想十余年、司馬文学の記念碑的大作。芸術院恩賜賞受賞。
202076-4

し-6-33
空海の風景（下）
司馬遼太郎
大陸文明と日本文明の結びつきを達成した空海は哲学宗教文学教育、医療施薬、土木灌漑建築と八面六臂の活躍を続ける。その死の秘密もふくめ描く完結篇。
202077-1

し-6-36
風塵抄
司馬遼太郎
一九八六年から九一年まで、身近な話題とともに土地問題、解体したソ連の問題等、激しく動く現代世界と人間を省察。世間ばなしの中に「恒心」を語る珠玉随想集。
202111-2

し-6-56
風塵抄（二）
司馬遼太郎
一九九一年から九六年二月十二日付まで、現代社会を鋭く省察。二一世紀への痛切な思いと人びとの在りようを訴える。「司馬さんの手紙」（福島靖夫）併載。
203570-6

し-6-37
花の館（やかた）・鬼灯（ほおずき）
司馬遼太郎
応仁の乱前夜、欲望と怨念にもだえつつ救済を求めて彷徨する人たち。足利将軍義政を軸に、この世の正義とは何かを問う「花の館」など野心的戯曲二篇。
202154-9

し-6-38
ひとびとの跫音（あしおと）（上）
司馬遼太郎
正岡子規の詩心と情趣を受け継いだひとびとの豊饒にして清々しい人生を深い共感と愛惜をこめて刻む、司馬文学の核心をなす画期的長篇。読売文学賞受賞。
202242-3

し-6-39
ひとびとの跫音（下）
司馬遼太郎
正岡家の養子忠三郎ら、人生の達人といった風韻をもつひとびとの境涯を描く。「人間が生まれて死んでゆくという情趣」を織りなす名作。〈解説〉桶谷秀昭
202243-0

し-6-40
一夜官女
司馬遼太郎
「私のつきあっている歴史の精霊たちのなかでもいちばん気サクな連中に出てもらった」（「あとがき」より）。愛らしく豪気な戦国の男女が躍動する傑作集。
202311-6

し-6-41
ある運命について
司馬遼太郎
広瀬武夫、長沖一、藤田大佐や北条早雲、高田屋嘉兵衛——人間を愛してやまない著者がその足跡を歴史の中から掘り起こす随筆集。
202440-3

し-6-43
新選組血風録
司馬遼太郎
前髪の惣三郎、沖田総司、富山弥兵衛……幕末の大動乱期、剣に生き剣に死んでいった新選組隊士一人一人の哀歓を浮彫りにする。〈解説〉綱淵謙錠
202576-9

し-6-44
古往今来
司馬遼太郎
著者居住の地からはじまり、薩摩坊津や土佐檮原などのつやのある風土と人びと——「古」と「今」を自在に往来して、よき人に接しえた至福を伝える。
202618-6

各書目の下段の数字はISBNコードです。978-4-12が省略してあります。

し-6-45
長安から北京へ
司馬遼太郎
万暦帝の地下宮殿で、延安往還、洛陽の穴、北京の人々……。一九七五年、文化大革命直後の中国を訪ね、その巨大な過去と現在を見すえて文明の将来を思索。
202639-1

し-6-46
日本人と日本文化〈対談〉
司馬遼太郎
ドナルド・キーン
日本文化の誕生から日本人のモラルや美意識にいたる〈双方の体温で感じとった日本文化〉を縦横に語りあいながら、世界的視野で日本人の姿を見定める。
202664-3

し-6-51
十六の話
司馬遼太郎
二十一世紀に生きる人びとに愛と思いをこめて遺す「歴史から学んだ人間の生き方の基本的なことども」。井筒俊彦氏との対談「二十世紀末の闇と光」を収録。
202775-6

し-6-52
日本語と日本人〈対談集〉
司馬遼太郎
井上ひさし、大野晋、徳川宗賢、多田道太郎、赤尾兜子、松原正毅氏との絶妙の語り合いで、〈実にややこしい言葉〉日本語と日本文化の大きな秘密に迫る。
202794-7

し-6-53
司馬遼太郎の跫音（あしおと）
司馬遼太郎 他
司馬遼太郎――「裸眼で」読み、書き、思索した作家。人々をかぎりなく豊かにしてくれた、巨大で時空を超える、その作品世界を初めて歴史的に位置づける。
203032-9

し-6-54
日本の朝鮮文化 座談会
司馬遼太郎
上田正昭 編
金達寿
日本文化の源泉を考えるとき、長くのびる朝鮮半島の役割と文化的影響は極めて大きい。白熱の討論によって古代日本人と朝鮮人の交流を浮彫りにする。
203131-9

し-6-55
花咲ける上方武士道
司馬遼太郎
風雲急を告げる幕末、公家密偵使・少将高野則近の東海道東下り。大坂侍・百済ノ門兵衛と伊賀忍者を従えて、恋と冒険の傑作長篇。〈解説〉出久根達郎
203324-5

し-6-59
司馬遼太郎 歴史歓談Ⅰ 日本人の原型を探る
司馬遼太郎 他著
出雲美人の話から空海、中世像、関ヶ原の戦いの人間模様まで。湯川秀樹、岡本太郎、森浩一、網野善彦氏らとの対談、座談で読む司馬遼太郎の日本通史。
204422-7

各書目の下段の数字はISBNコードです。978 - 4 - 12が省略してあります。

し-6-68
司馬遼太郎
歴史のなかの邂逅8
ある明治の庶民
司馬遼太郎
歴史上の人物の魅力を発掘したエッセイの集大成、全八巻ここに完結。最終巻には明治期の日本人から祖父・福田惣八、ゴッホや八大山人まで十七篇を収録。
205464-6

よ-5-8
汽車旅の酒
吉田健一
旅をこよなく愛する文士が美酒と美食を求めて、金沢へ、そして各地へ。ユーモアに満ち、ダンディズムが光る汽車旅エッセイを初集成。〈解説〉長谷川郁夫
206080-7

よ-5-9
わが人生処方
吉田健一
独特の人生観を綴った洒脱な文章から名篇「余生の文学」まで。大人の風格漂う人生と読書をめぐる随想集。吉田暁子・松浦寿輝対談を併録。文庫オリジナル。
206421-8

よ-5-10
舌鼓ところどころ／私の食物誌
吉田健一
グルマン吉田健一の名を広く知らしめた「舌鼓ところどころ」、全国各地の旨いものを紹介する「私の食物誌」。著者の二大食味随筆を一冊にした待望の決定版。
206409-6

よ-5-11
酒談義
吉田健一
少しばかり飲むというの程つまらないことはない——。飲み方から各種酒の味、思い出の酒場まで、ユーモラスに綴る究極の酒エッセイ集。文庫オリジナル。
206397-6

よ-5-12
父のこと
吉田健一
ワンマン宰相はワンマン親爺だったのか。長男である著者の吉田茂に関する全エッセイと父子対談「大磯清談」を併せた待望の一冊。吉田茂没後50年記念出版。
206453-9

ウ-10-1
精神の政治学
ポール・ヴァレリー
吉田健一訳
表題作ほか「知性に就て」「地中海の感興」「レオナルドと哲学者達」の全四篇を収める。巻末に吉田健一の単行本未収録エッセイを併録。〈解説〉四方田犬彦
206505-5

キ-3-34
日本の文学
ドナルド・キーン
吉田健一訳
詩人の魂をもって書かれた日本文学入門——とたたえられた著者若き日の美しい情熱の書。詩、劇、小説、欧米の影響の各章によって分析。〈解説〉三島由紀夫
206845-2